传奇野性
藏獒渡魂

Wildness Legend
Purgatory of Tibetan Mastiff

沈石溪 / 著

北京理工大学出版社
BEIJING INSTITUTE OF TECHNOLOGY PRESS

沈石溪，中国著名的"动物小说大王"，祖籍浙江慈溪，1952年生于上海。1969年初中毕业后，赴云南西双版纳插队，在云南生活了整整36年。

长年的云南边疆生活犹如一把金钥匙，开启了他动物小说的写作天赋。在他笔下，动物世界是与人类世界平行的一个有血有泪的世界。他的动物小说充满哲理、风格独特，曾荣获"全国优秀儿童文学奖""冰心儿童图书奖""陈伯吹儿童文学奖""台湾杨唤儿童文学奖"等四十多个奖项。

他的作品曾多次入选中小学新课程标准教材，成为阅读教学的精读范本，影响着新一代的读者，并被译成英、法、日、韩等多国文字，享誉全世界。

"我喜欢重彩浓墨描绘另类生命，
我孜孜不倦地朝这个方向努力。"

为致敬生命而写作

为生命而写作，这话我在很早之前便已经说过。

在作为一名动物小说作家的创作生涯中，我从未担心过我的写作题材会受限，我的创作灵感会枯竭；因为我知道，就生命这一写作对象来说，动物世界其实是一个比人类社会更加广阔、更有可为的领域。这两者就好比是外太空与地球的关系，人类社会的题材固然恢宏，地球尽管庞大，但放眼于整个动物界与自然界，放眼于大气层外的宇宙空间，孰大孰小，狭窄与宽泛、有限与丰富的区别，还是一目了然的。

但是，我并不想让读者们因此觉得，我所写的生命就仅仅是动物的生命；相反我相信，每一位动物小说作家笔下的生命，与每一位人类小说——写动物的称为动物小说，写人类的为何不能称作人类小说？——作家笔下的生命，其实是同一种由无差别的精神内核驱动的、没有食物链上下与进化尊卑之分的东西。我们想一想，蒲松龄老先生笔下的"禽兽之变诈几何哉，止增笑耳"，难道只是在嘲笑狼的小聪明吗？同样，再读杰克·伦敦《野性的呼唤》，我们又岂能说那只是一条向往着野性的狗，而不是一个渴望着自由的生命呢？所以，我在三十几年的创作历程中，一直拿一句话作为自己的座右铭，那就是，人类绝不可以俯视动物。

人类绝不可以俯视动物，也就是说，人类在从动物身上观察它们的生命的时候，或者像我这样，需要把它们的生命描写出来的时候，一定要把自己放在跟观察对象、描写对象齐平的高度上，就像《热爱生命》里面的那一个人、一只狼一样，面对面地看着对方，看谁先倒下去。也只有如此，我们才能发现生命在动物世界里所展现出来的每一个维度，还有每一个维度中所承载的内容，就是它们的生命所焕发出来的温度与主题。

这样的维度可以有很多，比如它们的繁衍、它们的生存、它们的社交、它们的组织、它们的野性、它们的情感等，也正因为这样，动物的生命中才蕴含着同人类生命一样无限而丰富的主题。比如，在一条大鱼身上也存在着令人动容的母爱（《大鱼之道》），一条蟒蛇也可以是尽职尽责的保姆（《保姆蟒》），一往情深的公豹最后一次为妻子狩猎（《情豹布哈依》），不服输的鸡王拼死战斗到喋血一刻（《鸡王》），临产在即的母狼接受动物学家作为丈夫（《狼妻》），善良的崖羊令凶暴的藏獒性情大变（《藏獒渡魂》）……如此种种，令我们在最广阔的生命定义中看到了无穷无尽的可能，让我们不得不承认，每种动物都有千般故事，每个生命都是一段传奇。

所以，为生命而写作，如果这话讲得再明白一些，就是向生命致敬，褒奖它的升华，讴歌它的荣耀，赞美它的牺牲，肯定它的死亡，让生命在保有其优美感的同时，也获得它应有的崇高感。

这便是本套"致敬生命书系"分为六大主题、全新结集出版的目标。在我熟悉的动物的世界里，我写过它们悲怆的母爱，写过它们深挚的情义，写过它们绝妙的智慧，写过它们豪迈的王者，写过它们壮美的生命，写过它们传奇的野性……过往的许多年间,我的绝大部分作品都是以时间轴为出版顺序的,写到哪儿出到哪儿,推陈出新,陈陈相因,以至于有许多读者朋友会问我:沈老师,这么多年,你写了这么多书,究竟写了什么?是的,我要向大家回答清楚这个问题才行——

那么,这套书算是一个答案与交代了。

2018年12月10日

目　录

1 —— 藏獒渡魂

63 —— 老马威尼

75 —— 打开豹笼

111 —— 会占卦的佛法僧

135 —— 逼上梁山的豺

151 —— 烈　鸟

一

我的藏族向导强巴从山寨牵来一条藏獒，用细铁链拴在帐篷外的木桩上。这狗浑身漆黑，嘴吻、耳郭、尾尖和四爪呈金黄色，皮毛油光闪亮，就像涂了一层彩釉；满口尖利的犬牙，一双狗眼炯炯有神；脖颈粗壮，胸脯厚硕，腿部凸起一块块腱子肉；高大威猛，足有小牛犊一般大，真不愧是世界闻名的狗中极品。

见我靠近，它狗眼里射出一股凶光，喉咙深处发出一声低嚎，凶猛地扑蹿过来，把细铁链挣得哗哗响。强巴赶紧捡起一根树枝，一面粗声粗气地呵斥，一面夹头夹脑地抽打。要是普通土狗，遭主人这般训斥，早就收敛威风夹紧尾巴苦苦求饶了，可这家伙丝毫没有流露出畏惧的神情，面对呼呼抽打过来的树枝，它不仅不躲闪，反而张开嘴一口咬住树枝，嘴角发出恶狠狠的咆哮声，似乎在说："你再打我的话，休怪我不客气，我连你也一块咬了！"

桀骜不驯，简直就像是没有教养的野狗。

我赶紧钻进帐篷抓了两块中午吃剩的炸猪排，扔到它面前，它确实是饿了，立刻把注意力转移到食物上，大口嚼咬起来。这家伙牙齿就像钢刀，毫不费力就把坚硬的骨头嚼得粉碎，连肉带骨头统统吞进肚去。

不管怎么说，剑拔弩张的人狗纠纷总算平息下来了。

"它叫曼晃，是条渡了几次魂都渡失败的野魂犬，咬死过三只羊羔。"强巴不无忧虑地说，"但愿它不会给你捅娄子惹麻烦。"

我听说过藏族地区关于藏獒渡魂的习俗。藏獒是青藏高原特有的大型猛犬，敢只身与狼群周旋，两条藏獒可联手猎杀成年山豹，是世界闻名的优秀猎狗。在藏族的传说里，藏獒是天上一位战神因嗜杀成性触犯天条而被贬到人间来的，所以藏獒性情暴戾残忍，身上有一股浓重杀气，必须在其出生满七七四十九天时，将其与一只还在吃奶的羊羔同栏圈养。羊是温柔娴静、平和顺从的动物，四十九天大的藏獒正是生理和心理发育的关键时期，让这个时期的藏獒与羊羔共同生活，目的就是要驯化其性情，减弱杀气，用温婉的羊性冲淡藏獒身上那太过血腥的兽性。这就是所谓的藏獒渡魂。经过七七四十九天，要是藏獒与羊羔和睦相处，就算渡魂成功，被称为家魂犬。渡魂成功的藏獒，保留勇猛强悍的秉性，却又具备顺从忍耐的美德，既可调教为忠于职守的牧羊犬，亦可训练成叱咤风云的狩猎犬。并非所有的藏獒都能经受渡魂考验成为家魂犬，事实上只有百分之五十的藏獒能渡魂成功，一半左右的藏獒都过不了渡魂这一关。有的与羊羔同栏圈养后，就像水火不能相容，没日没夜地朝羊羔狂吠乱嚎，根本安静不下来；更有甚者，还会在栏圈里活活将羊羔咬死，这当然是渡魂失败，即所谓的"野魂犬"。渡魂失败的藏獒，脾气暴躁，很难进行调教，不仅会伤害牛羊猪马等家畜，有的甚至会伤及豢养它的主人。曾经发生过这样的事：有人把两条渡魂失败的野魂犬弄去做牧羊犬，结果它们将羊群挟持到深山老林，就好像这群羊是它们的私有财产，是它们活动的肉食仓库，隔几天就吃一只，等到这两条藏獒的主人找到它们时，六十多只羊被吃得只剩下八九只了。还

发生过更让人心惊胆战的事：某山民带着一条野魂犬进山打猎，遭遇暴风雪，被困在雪山垭口附近的一个山洞里，暴风雪日夜不停。到第三天时，猎人随身携带的干粮都吃光了，陷入饥寒交迫的绝境，野魂犬因饥饿而穷凶极恶，竟然扑咬主人；猎人拔刀殊死抵抗，人与狗搏斗了半个多小时，最后野魂犬倒在血泊中，猎人也被咬得遍体鳞伤。

在当地，渡魂成功的藏獒，身价极高，牙口一岁的家魂犬，可卖到五千元。而渡魂失败的藏獒，却被当作废品处理，品相再上乘的野魂犬，也卖不出价，随便给几十元，主人就会让你牵走，比买一条土狗也贵不了多少。

我长期在野外从事动物科考工作，观察站的帐篷就设置在荒无人烟的山沟里，这儿离国境线不远，不仅有野兽出没，有时还会遇到杀人放火的强盗和走私贩毒的歹徒。有一次，寒冷的雪夜，一只狗熊为了避寒，竟然翻过篱笆墙钻进帐篷里来，我半夜醒来，听到帐篷里有如雷鼾声，好生纳闷，拧亮手电一看，一只足有两百公斤的大狗熊正趴在火炉边呼呼大睡呢。还有一次，也是北风呼啸的冬夜，两名越狱犯悄悄钻进帐篷，把我和强巴的衣裤及干粮席卷而去，扔下两套肮脏的囚衣。在野外工作，安全确实是个大问题。最好的办法就是养条狗，看家护院，撵山狩猎，跟踪我所感兴趣的野生动物，都能派得上用场。我在日曲卡雪山从事野外科考工作近两年，曾先后养过四条狗。第一条是名叫"小白"的土狗，对我倒是挺忠诚的，整天影子似的黏在我的屁股后面，遗憾的是胆子很小，遇到一只狗獾也不敢追，吓得拼命往我身后躲，把我当作它的盾牌了，养着它纯粹是浪费粮食；第二条是名叫"大黄"的杂交狼狗，倒是挺勇敢的，面对嘴角翻卷獠牙长长的成年野猪也敢扑

咬，但狩猎技巧实在差劲，与野猪交手还不满两个回合，就被一口咬断了脖子；第三条是名叫"阿黑"的牧羊犬，外表看上去挺不错的，没想到却是一条患有神经质疾病的狗，天一黑就开始吠叫，一只猫头鹰飞过它会嚎叫，老鼠出洞觅食它要嚎叫，树枝被风折断它也要嚎叫，嗓门又大，在帐篷外彻夜吠叫，吵得我根本无法入睡，只有将它淘汰。

我的藏族向导强巴好几次对我说："你太需要一条藏獒了，藏獒是狗中精英，你一定会感到满意的。"

我当然知道藏獒好。遗憾的是，我是工薪阶层，每个月一千多元的工资刚够养家糊口，科研经费又十分有限，囊中羞涩，根本买不起渡魂成功的家魂藏獒，只有买渡魂失败的野魂藏獒，而曼晃就是我养的第四条狗。

才花了区区几十元钱就得到一条品相上乘的藏獒，虽然是条渡魂失败的野魂藏獒，我也挺高兴的。说实话，我对藏獒渡魂的说法并不怎么相信。我觉得所谓渡魂，无非是一种性格筛选，不必太当真了。狗属于食肉动物，凡猛犬都有点儿残忍，这用不着太过于担忧。

二

藏獒果然不愧是世界闻名的良种狗，比我想象的还要优秀。

用狗的标准来衡量，曼晃的智商可以说是出类拔萃。我喂了它两次食，它就认识我这个主人了，一叫它名字，便会兴冲冲地跑到我跟前来。让我感到吃惊的是，它似乎有察言观色的天赋，仅仅过了三五天，也没有谁刻意教它，它就知道我才是野外观察站这顶帐篷里真正的主人，而把强巴降格为第二主人，我不在场时，它服从强

巴的指令，如果我在场，它就首先服从我的指令。我做过几次实验，把一串钥匙放在我与强巴中间，然后我和强巴同时发出让它叼取钥匙的指令，任凭强巴怎么横眉竖眼喊破喉咙，它都毫不犹豫地把钥匙叼到我手上来。

最让我满意的是，它在夜里从不胡乱吠叫，猫头鹰捉老鼠时从它头顶掠过，它静静地驻足观望，风吹折树枝掉到它的头上，它也只是闷声不响地跳闪开去。只要它发出响亮的嚎叫，那一定是有危险逼近了。有一天晚上，我刚钻进被窝，忽听得曼晃发出猛烈的咆哮，冲出帐篷一看，篱笆墙外的树林里，有一对兽眼就像绿灯笼一样在黑暗中晃动，凭经验不难判断，来者不善，不是孟加拉虎就是雪豹。强巴朝天放了两枪，这才把危险驱赶走。还有一次，天刚蒙蒙亮，突然响起曼晃凶猛的吠叫，我和强巴赶紧冲出帐篷，顺着曼晃扑跃的方向望去，乳白色的晨雾中，有两个人高马大的汉子在狼狈地奔逃。强巴是猎手，视力极佳，看见两个汉子手里都提着明晃晃的砍刀。很明显，非匪即盗，不是偷就是抢。要不是曼晃及时报警，后果不堪设想。

"有曼晃在，连刺猬都休想钻进篱笆墙来！"强巴得意地说。

确实如此，自打有了曼晃，野外观察站平安无事，我夜里不再失眠，睡得非常踏实。

不仅如此，曼晃还成了我工作中的得力助手。我去尕玛尔草原考察珍贵的野骆驼，但野骆驼藏匿在灌木丛中，一有风吹草动便逃之夭夭，只远远望见它们模糊的背影，我想从正面给它们照几张相，却忙碌了好几个月也未能如愿。那天我带着曼晃来到尕玛尔草原中部野骆驼最爱去的盐碱塘，发现好几堆新鲜的骆驼粪，我让曼晃嗅闻野骆驼的足迹，然后命令它跟踪追击。它兴奋地跳跃着，朝东南隅一片枫叶烂漫的杂树林飞奔而去。我

一根烟还没抽完,就听见杂树林里响起曼晃响亮的吠叫声,大大小小六匹野骆驼从树丛里仓皇逃出来;曼晃好像知道我的用意,左奔右突,不断修正驱赶方向,把骆驼群往我站立的位置赶来。我还是头一次近距离正面观察到野骆驼,高兴得忘乎所以,举起相机就按快门,按了好几下才发现,相机是空的,还没装胶卷呢!野骆驼已经从我面前跑过去了,草地上滚动着一团尘埃。我懊恼极了,恨不得打自己两个大嘴巴。这时曼晃也跑到我面前,气喘吁吁,狗舌伸得老长,看得出来已经相当累了。我抱着试一试的态度,一面往相机里装胶卷,一面向它发出继续追撵野骆驼的指令。没想到,它毫不犹豫地蹦跳起来,旋风般朝差不多已逃出一里外的野骆驼追去。它的奔跑速度惊人,像贴着草尖在飞,转眼间就追上了骆驼群。我在望远镜里看到,它龇牙咧嘴地狂嚎,试图拦截野骆驼,但野骆驼仗着"人"多势众,用魁伟的躯体冲撞，继续往前奔驰。曼晃像头发怒的狮子，狂吠一声，高高跃起，照准领头的那匹骆驼头部发起凌厉的扑咬，迫使骆驼首领改变方向，骆驼群转了个圆圈又朝我站立的位置奔过来了，我终于完成夙愿，从正面照了许多张清晰的野骆驼照片。

曼晃是条牙口刚满一岁的雌狗，属于花季少女，正当青春活泼。它精力旺盛，我去野外考察，跋山涉水、翻山越岭，有时一天要赶五六十里路，它照走不误，从未掉过队。它似乎天生就是打猎的行家里手，视觉、听觉和嗅觉异常灵敏。我有个科研项目，到密林观察滇金丝猴家庭形态，但金丝猴胆小机敏，且在茂密的树冠间活动，极难发现它们的踪影。我牵着曼晃来到香格里拉国家森林公园，那里是金丝猴栖息地，我让它帮忙搜寻。茫茫林海，遮天蔽日的树冠，要找到金丝猴群犹如大海捞针。可曼晃却轻松地完成了任务。它抬起鼻吻嗅

闻,竖起耳朵谛听,瞪起眼睛观看,很快就辨别出金丝猴的去向,领着我在密林中穿行,很容易就找到了在树冠间喧闹腾跳的金丝猴群,使我顺顺利利地完成科考任务。

曼晃身上最突出的优点,就是勇敢。

有一次,我带着它到三十多公里外的小镇上去邮寄资料,回来时,半路遇到下冰雹,耽搁了两个多小时,进山时天已暗了下来。走到离野外观察站还有两公里左右时,突然,曼晃全身狗毛竖立,那条蓬松的大尾巴挺得笔直,朝前方荒草丛中愤怒地咆哮。我警惕地停了下来,捡起两块拳头大的石块,"啪啪"砸向荒草丛——这叫"投石问路"。草丛窸里窣罗响,蹦出两只狼。这是两只名副其实的大灰狼,皮毛乌灰,眼睛白多黑少,大灰狼兼白眼狼,长长的狼嘴里露出尖利的白牙。在苍茫的暮色中,我看见这两只狼腹部瘪瘪的,肚皮贴到脊梁骨，是标准的饿狼。

我的心噗噗乱跳，我晓得，饥饿的狼是什么事都干得出来的。

不难判断，这两只狼远远看见我和曼晃，就埋伏在荒草丛中，企图对我与曼晃实施突然袭击。幸亏曼晃及时发现，否则后果难以预料。我的本能反应就是想逃跑，可我还是克制住了这个念头。我是动物学家，我清楚地知道，狗仗人势，现在倘若我转身逃跑，曼晃也会斗志涣散地跟着我逃跑，而我们一旦表现出惧怕的神情，撒腿逃命，只会激起恶狼更强烈的扑咬欲望和杀戮冲动。在崎岖的山路上我是跑不过狼的，我也跑不过狗。我如果逃跑，用不了几分钟，狼就会从背后把我扑倒。我别无选择，只有站在原地假充好汉，或许还有生的希望。我捡起一根木棍，硬着头皮准备与狼搏斗。

两只大灰狼互相嗥叫数声，仿佛在商量对付我们的

策略。过了约几秒钟,两只狼从左右两个方向朝曼晃扑了过来。要是一般的草狗,面对两只穷凶极恶的狼,早就吓得退缩到我身边来了。要真是那样的话,等于将祸水引到我身上。曼晃不愧是狗中豪杰藏獒,面对两只杀气腾腾的狼,毫无惧色,全身狗毛怒张,勇猛地扑了上去。曼晃身体比狼稍大些,一下就把一只狼扑倒在地,但还不等它张嘴去咬,另一只狼就盖到它身上,在它脊背上咬了一口。狼牙锐利,虽然光线晦暗能见度很低,但相距仅数米,我看得还是很清楚,曼晃背脊上立刻皮开肉绽。那只咬它的狼满嘴都是狗毛。曼晃跳起来反击,与两只狼扭打成一团。我不敢过去参战,唯恐混乱中被狼咬一口,我挥舞木棍高声呐喊,用呐喊声来声援曼晃。狗咬狼,狼咬狗,双方都挂彩受伤。曼晃毕竟独狗难斗双狼,略处下风。

突然,两只狼肩并肩齐声嗥叫,它们四膝微曲,尾巴平举,颈毛恣张,龇牙咧嘴,身体前后耸动着,摆出一副跃跃欲扑的架势。曼晃也嚎叫着准备应战。可两只狼并没有扑上去,而是引而不发,长时间威胁嗥叫。我明白,这是狼的一种恫吓战术。狼是狡猾的食肉猛兽,遇到难以对付的猎物,就会采取恫吓战术。我曾在日曲卡雪山脚下亲眼看见过这样一件事:也是一对夫妻狼,追逐一头带着三只小猪崽的母野猪,夫妻狼当然格外眼馋这三只细皮嫩肉的猪崽子,但母野猪也不是那么好惹的,猪皮厚韧且滚泥塘时涂了满身黏土,就像穿了一层铠甲,一口结实的牙齿能啃断树根,狼若不小心被母野猪咬到,也会筋断骨裂遭受重创的。出于护犊的本能,母野猪紧紧护卫三只猪崽子,大有粉身碎骨誓死捍卫的决心。夫妻狼与母野猪搏杀了两三个回合,突然就停止攻击,两只狼在母野猪面前摆出跃跃欲扑的架势,瞪起凶恶的狼眼,伸出血红的狼舌,磨砺尖利的狼牙,发出

穷凶极恶的嗥叫,用武力进行威逼,肆意制造恐怖氛围。对母野猪来说,这会比狼牙狼爪来直接扑咬产生更大的心理压力,几分钟后,母野猪眼睛里流露出惊恐不安的神情,意志崩溃,哀嚎一声转身逃命,那三只猪崽子成了夫妻狼的腹中餐。

不战而屈人之兵为上策。同样的道理,对狼来说,不战而获得美味猎物为上策。

我有一种感觉,眼前这两只狼也是在采用同样的恫吓手段,它们虽然占了数量上的优势,但不愿冒受伤的危险与曼晃搏斗,它们想把曼晃吓唬走,然后轻轻松松把我做成人肉宴席。我背脊嗖嗖冒冷气,要是曼晃真的意志崩溃夹着尾巴逃之夭夭,我将死无葬身之地。

曼晃与两只狼对峙着,它脖颈和腿弯都被狼爪划破了,好几处挂彩,身上血迹斑斑。身体的伤痛,是有可能摧毁斗志的啊!可它仍毫无畏惧,嗥叫声猛烈而响亮,

那根象征着斗志的狗尾巴旗杆般挺立着,显示一息尚存决不屈服的决心。不仅如此,它还主动朝两只狼扑咬,狗牙和狼牙互相叩碰,发出"咔咔嗒嗒"的声响。两只狼的恫吓战术失灵,不得已再次与曼晃扭打厮杀起来。

我已从最初的极度恐惧中渐渐回过神来。我想,眼前这场犬狼大战,直接关系到我的安危,我也不能太袖手旁观了。万一曼晃不幸被两只恶狼咬翻,我恐怕也难以从狼牙下逃生。我不敢与狼摆开架势正面交锋,但打冷拳、踢冷脚、劈冷棍的魄力还是有的。我壮起胆子,抡起棍子靠近正在鏖战的狼,冷不防一棍砸在一只狼的屁股上。那狼背后突然受到袭击,分了神,蚂蚱似的惊跳起来,并在空中做出一个旋转动作,恶狠狠地朝我咬来。我没料到狼能在瞬间完成如此高难度的杂技动作,有点儿猝不及防,还没等我举起棍子抵挡,那狼嘴已刺到我胸口,瞄准我的颈窝咬了下来。我与那只狼脸对着脸,清晰地闻到狼嘴里那股刺鼻的腥味。我想往后躲闪,但身体因恐怖而变得僵硬,像个木头人一样不会动弹了。狼牙快触碰到我的喉结了,可突然间,那只狼脑袋往后仰,挤眉弄眼好像挺难受的样子,发出令人毛骨悚然的惨叫,掉到地上去了。我定睛一看,原来是曼晃从背后咬住了狼尾巴,像拔河比赛似的把那只狼从我面前拔走了。另一只狼看到同伴遭难,紧急出手救援,飞扑过来,跳到曼晃身上,张嘴朝狗头噬咬。曼晃虽然遭受致命攻击,疼得身体剧烈颤抖,却咬紧牙关不松口。"咔嚓",狼尾发出断裂的声响,狼痛得在地上打滚。我清醒过来,左劈右甩挥舞木棍冲上去。那只骑在曼晃背上的狼一看情形不妙,三十六计走为上计,一溜烟似的逃走了。那只尾巴被咬伤的狼见大势已去,只好夹起还在滴血的尾巴,灰溜溜地落荒而逃。

　　曼晃吐掉那截狼尾,朝远去的狼影大声吠叫,显得

英姿飒爽。

回到野外观察站,我查验曼晃的伤势,它身上有九处负伤,虽然都不是致命伤,但却流了很多血,可它仍这么顽强地与狼搏杀,绝对称得上是狗类中的英雄。

可惜,它不像其他家犬,会向主人撒娇献媚。它从不钻到我的怀里来舔我的脸,即使分别几天,突然重逢相见,它也不会激动得跳到我身上来亲吻。它能蹲在我身旁静静躺一会儿,就算是对我最友好的表示了。更别扭的是,它不会摇尾巴。不不,它不是不会摇尾巴,而是不会像其他家犬那样将尾巴摇得像朵花,用摇尾巴这种美妙的形式表达对主人的顺从与热爱。它在我面前那尾巴就像条冻僵的蛇,或者翘起或者垂落,硬邦邦地挥甩,从来不会大幅度全方位地摇转。它属于渡魂失败的野魂犬,强巴说,所有野魂犬的尾巴都像冻僵的蛇。

三

我很快领教了什么叫野魂犬。

勇敢与野蛮，本来应该是两种不同质地的品行，却在曼晃身上奇怪地重叠在一起。

有一次，一位淘金女抱着一个婴儿路过野外考察站，那天我恰巧在帐篷里，淘金女便向我讨碗水喝。在荒山野岭赶路，遇到有人烟的地方歇个脚喝碗水解解乏，这是很平常的事。我热情地把淘金女引到帐篷里去。没想到，淘金女前脚刚跨进篱笆墙，用细铁链拴在木桩上的曼晃便狗眼放出绿光，龇牙咧嘴，从胸腔里发出沉闷的吼声。我呵斥道："没规矩，不准乱叫！"可它对我的训示置若罔闻，仍"嗷呜嗷呜"地发出一阵阵让人心惊肉跳的低嚎。淘金女大概是担心狗叫声会吓醒怀里正在熟睡的孩子，路过那根拴狗的木桩时，朝曼晃

"呸"地啐了一口,还跺了跺脚做出一个吓唬的动作。这一来,就像火星点燃了爆竹一样,曼晃爆发出一串猛烈的吠叫,就好像一头发怒的野兽,拼命朝前扑蹿。细铁链拉住它的脖子,随着它的扑蹿动作,铁链就像绞索一样卡紧它的脖颈,吠叫声变得断断续续,狗眼鼓得就像金鱼眼,颈毛也被铁链扯得一绺绺脱落,可它好像不知道疼,仍不停地扑蹿嚎叫。瞧它这副凶神恶煞的模样,要不是细铁链拉住它的脖子,它一定会扑到淘金女身上狂撕乱咬的。

"这狗,比山豹还恶,瞧这双狗眼,毒毒的,冷冷的,长着一副蛇蝎心肠哩。"淘金女嘟囔着,主动退却两步,闪到我身后,往帐篷走去。

她的脚还没迈进帐篷,只听得"哗啦"一声响,那根碗口粗的木桩被拉倒了!

这根红椿木桩是我亲手竖的,埋进土里起码半米深,我相信即使拴一匹烈马也能拴得稳,竟然被拖倒了,可见曼晃发怒时爆发力有多么吓人。这家伙拖着那根沉重的木桩,恶魔般地朝淘金女扑过去。淘金女吓得面如土色,紧紧抱住怀里的婴儿,退到篱笆墙边,号啕大哭起来。我担心它咬伤淘金女,更害怕它伤害淘金女怀里的婴儿,我养的狗弄出人命来,我脱不了干系,肯定会官司缠身的啊。我赶紧冲过去拽住铁链子,然后屁股坐在横倒的木桩上,我的身体再加上木桩,好不容易才制止住曼晃。

"快跑,我快拉不住它了!"我焦急地叫道。

淘金女如梦初醒,抱着婴儿夺门而出。曼晃仍不依不饶,冲着淘金女狂吠乱嚎。淘金女消失在小路尽头的树林里,它这才慢慢平静下来。

我充满歉意,人家不过是来讨杯水喝,结果水没有喝到,反而吓出一身冷汗,这也实在太对不起那位淘金

女了。

平时我带着曼晃去野外观察动物,这家伙的表现也经常让我感到不自在。它好像对猎杀特别情有独钟,一看到穴兔、岩羊、野猪等中小型食草兽,便会两眼放光,垂涎欲滴,显得特别贪婪。有一种理论认为,食肉兽之所以猎杀,是为了生存需要,再凶猛的食肉兽一旦填饱肚子,就不再有杀戮冲动。我觉得这个理论用到曼晃身上,肯定是讲不通的。有一次,我有意用新鲜牛肉把它喂饱,吃得它腹部鼓得像吞了只香柚,肚子空间有限,根本就塞不进去东西了。可我带它来到纳壶河边,隔着河望见对岸有一只斑羚在吃草,它眼里又迸溅出一片可怕的寒光,摆出跃跃欲扑的架势,要不是我拉住细铁链不放,它绝对会泅水过河去追捕那只斑羚的。

阳春三月,桃红柳绿,正是疣鼻天鹅的孵蛋季节。疣鼻天鹅是一种珍贵游禽,秋天到南方去越冬,春天飞回尕玛尔草原来繁衍后代。省动物研究所交给我一个任务，就是要查清疣鼻天鹅的数量。这是一项枯燥乏味又很辛苦的工作，每天都要跑到沼泽地去，先将疣鼻天鹅栖息地划分为若干个区域，然后一个区域一个区域地进行清点。曼晃无事可做，就在我附近东游西逛。那天，我正踩着齐膝深的湖水用望远镜观察一个天鹅家庭，突然传来野猪呼天抢地的嚎叫声。我扭头一看，平坦的滩涂上，曼晃正在追逐一只半大的小野猪。这只倒霉的小野猪一条前腿已被曼晃咬断，膝盖弯曲得像折断的芦苇穗，一瘸一拐地奔逃。这并没什么稀奇的，我在埋头工作，曼晃闲得无聊，去捕捉小野猪，是很正常的事。让我觉得愕然的是，曼晃并没有摆开食肉兽凶猛的捕食架势，换句话说，曼晃像玩游戏似的轻松自在，既没有怒目嚎叫，也没有凶相毕露，只是迈着悠闲的步伐，跟随在小野猪身后。我看见，它伸出长长的狗舌，去舔小

野猪那条受伤的腿。受伤的小野猪跑不快,想躲也躲不开。每当血红的狗舌舔到小野猪被咬瘸的腿时,小野猪便发出惊骇的嚎叫。于是,曼晃的狗脸上便浮现出一丝狞笑。跑了几圈后,小野猪筋疲力尽,嘴角吐着白沫,瘫倒在地上。曼晃也蜷起身体侧躺在小野猪身旁,狗爪将小野猪搂进怀来,狗眼半睁半闭地似乎进入了甜美的梦乡,好像小野猪不是它正在虐杀的猎物,而是它钟爱的小宝贝。小野猪当然受不了这种血淋淋的"慈爱",躺在恶狗的怀里,比躺在火坑里更为恐怖。它喘息了一会儿,缓过点儿劲儿来,便又奋力爬出狗的怀抱,哀哀嚎叫着趔趔趄趄地奔逃。曼晃似乎没听见小野猪逃跑,仍惬意地睡着,还伸了个懒腰呢。小野猪逃出滩涂,钻进岸边一片芦苇丛,嚎叫声渐渐远去。这时,曼晃突然跳起来,原地转圈,好像为小野猪的丢失急得团团转。它在地上嗅闻一阵,箭一般追赶上去,冲进那片芦苇丛,很快就叼着一条猪腿强行把小野猪拉回滩涂来。它似乎很不满意小野猪从身边溜走,好像要惩罚小野猪的淘气行为,"咔嚓"一口,把一只猪耳朵给咬了下来。小野猪喊爹哭娘,发出惨烈的嚎叫声。曼晃却又侧躺下来,狗头枕着臂弯,安然入睡。

小野猪悲痛的叫声,对曼晃来说,好似一支优美的催眠曲。

小野猪半只猪头都是血,当然念念不忘逃跑,喘息几秒钟,又哀嚎着从曼晃身旁逃开出去。曼晃故伎重演,又好像睡着了似的任凭小野猪逃远,等到小野猪使出吃奶的劲儿逃出开阔的滩涂后,它又冲过去将小野猪捉回来。

每一次将逃亡的小野猪抓回来,曼晃都要在小野猪身上狠狠咬一口。

很快,可怜的小野猪尾巴被咬掉了,鼻子被咬破

了，屁股被咬烂了，猪脚也被啃没了，遍体鳞伤，浑身是血，就像在遭受凌迟的酷刑。

我深深皱起了眉头，恶心得想呕吐。我是动物学家，我当然晓得，在自然界，恃强凌弱比比皆是，血腥残忍随处可见，譬如猫科动物母虎、母豹或母猫什么的，当幼崽长到一定年龄时，会逮只活的羊羔、仔兔或田鼠什么的回来，就好像带个有趣的新玩具回家，让自己的宝贝幼崽尽情玩耍，在游戏中学习狩猎技巧。这当然也很残忍，充当玩具的羊羔、仔兔或田鼠什么的，往往也是在遭受百般凌辱后悲惨地死去。但我觉得，同样是将弱小的猎物凌迟处死，性质却是完全不同的。母虎、母豹或母猫什么的，出于培养后代的健全体魄这样一种功利目的，把弱小猎物供给自己的宝贝幼崽玩耍，虽然也是血腥的虐杀，但损"人"利己，调动一切手段为自己的后代谋求生存利益，这样做还是可以理解的。而曼晃就不同了，曼晃已是成年藏獒，狩猎技艺娴熟，不必再在小野猪身上锻炼狩猎技巧，进行这种凌迟式的血腥游戏，无谓地延长猎物死亡的痛苦，损"人"不利己，根本就没有丝毫生存利益可言。我从事野外动物考察工作已有十多个年头，曾与众多食肉猛兽打过交道，即使是有"森林魔鬼"之称的狼獾，也不会这般兴趣盎然地折磨所捕获的猎物。我无法理解曼晃为什么要这样做，只有一种解释，这是一条心理变态、蛇蝎心肠的狗，蔑视生命，有屠夫般的嗜好，喜欢欣赏弱者在被剥夺生命时的恐惧与战栗，喜欢享受血腥的屠杀所带来的刺激和快感。

只有最恶毒的魔鬼，才会把玩弄和凌辱生命当作一种娱乐和消遣。

我实在看不下去了，从沼泽地爬上滩涂，走到曼晃跟前，严厉地呵斥道："你也玩得太过分了，要么一

口咬杀小野猪,要么放掉小野猪,不能再这么胡闹下去了!"

曼晃当然听不懂我的话,但它是条智商很高的狗,肯定从我严厉的语调和愤怒的神态中读懂了我的意思。我知道它不会心甘情愿服从我的指令,但我想,我是它的主人,它即使心里不乐意,也会出于对主人的忠诚而屈从于我,放弃这残忍的死亡游戏。但是,我想错了。它的耳朵好像聋了,对我的呵斥置如罔闻,仍我行我素地肆意虐待满身是血的小野猪。

我火了,抡起望远镜上的皮带,在曼晃脑壳上不轻不重地抽了两下,然后用脚将嚎叫不止的小野猪从曼晃怀里钩出来。让可怜的小野猪逃生去吧,这魔鬼游戏该结束了。

曼晃倏地蹦跳起来,想要去追赶渐渐逃远的小野猪。我一个箭步跨到它面前,拦住它的去路,指着它的鼻梁呵斥:"你听到没有,停止胡闹!"

它左蹿右跳,想绕过我去追赶小野猪。我左右跑动着,像堵活动的墙,阻止它作恶。它突然停止蹿跳,定定地看着我,喉咙深处"呼噜呼噜"发出刻毒的诅咒。它的唇须凶狠地竖直,狗嘴张开,露出被血染红的尖利犬牙,狗舌舔磨犬牙,做出一种残暴的姿势来。我盯着它的眼睛,那狗眼冷冰冰的,就像冰霜一样泛着冷酷无情的光。我忍不住打了个寒噤,仿佛不是面对自己豢养的狗,而是面对一匹嗜血成性的饿狼。一股冷气顺着我的脊梁往上蹿,我心里发毛。它一步步朝我逼近,突然做了个让我目瞪口呆的动作,用嘴从地上叼起一块手掌大的鹅卵石来,狗牙做出噬咬动作,"咔嚓咔嚓",坚硬的鹅卵石竟然被它咬碎了。我明白,这家伙是在用暴力向我示威,意思很明显,要我让开路,不然的话就对我不客气了!

突然,我想起强巴曾经告诉我的,某只渡魂失败的藏獒,与主人一起被暴风雪困在山洞里,它因饥饿而萌生杀心,竟然向主人扑咬。我心虚了,要是我继续阻拦它去残害小野猪的话,谁也无法保证它不会对我下毒手,它要是真的对我行凶,强巴不在我身边,在这荒山野岭里,我孤身一人,手无寸铁,如何是好?

毫无疑问,若与曼晃搏杀,我赢的概率极小。小野猪与我非亲非故,我犯不着为它冒险。我只好后退一步,缩到一边去,让出路来。

我为我的胆怯感到羞愧,也为曼晃的霸道而愤懑。

曼晃昂首阔步地从我身边穿过,直奔岸边灌木丛。不一会儿,就又叼着那只半死不活的小野猪回到滩涂,继续它那残忍的凌迟游戏。我没胆量制止,只有听任它胡闹。小野猪四条腿都被锐利的犬牙咬断了,猪耳、猪鼻和猪嘴被啃掉了,肚皮也被咬出一个洞,漏出一大坨肠子，浑身上下都是血，惨不忍睹。小野猪奄奄一息，只剩下最后一口气了，曼晃仍舍不得放弃这场恐怖游戏，侧躺着将小野猪搂进怀里，伸出舌头"慈爱"地舔吻小野猪的身体。

嗜血成性，令人发指！

半个多小时后，小野猪在极度的恐惧中被折磨致死。

这件事给我留下的印象太强烈了，好几次做噩梦都梦见浑身是血的小野猪。我产生这样的想法：养着曼晃，就等于在自己身边置放了一颗定时炸弹，日夜担惊受怕。的确，它高大威猛，是优秀的狩猎犬，是我从事野外考察很得力的助手。可是，它的凶残狠毒，常常令我不寒而栗。我的事业固然重要，但我的生命更加可贵。再三权衡利弊后，我决定把曼晃处理掉。我对强巴说："你把它牵走吧，它太残忍，我不想再见到它了。"

"那好吧。"强巴说,"养一条渡魂失败的藏獒,是太危险了。下个星期天,我要回寨子拉粮食,顺便把它牵走。看来只有送它到动物园去,让它一辈子关在铁笼子里。"

四

就在要把曼晃牵走的前一天,也就是星期六的下午,发生了一件料想不到的事,改变了曼晃的命运。

这天早晨,我带着曼晃前往日曲卡山麓,在悬崖峭壁间寻找金雕窝巢。

金雕是一种大型猛禽,有"天之骄子"的美誉,数量十分稀少,很有研究价值。动物研究所给我一个任务,拍摄一组金雕生活照片。我运气欠佳,在悬崖上像猿猴似的爬了半天,连金雕的影子也没见到。我很失望,骑在一棵歪脖子小松树上憩息。就在这时,我左侧的山岩上突然传来"咩咩"的羊叫声,叫得很凄凉,叫得很恐怖。我举起望远镜望去,在一座蛤蟆状的巉岩上,站着一只红崖羊,正勾紧脖子摆出一副角斗的姿态,神态异常紧张。我将望远镜往下移,立刻就看见巉岩前有一只灰白相间的雪豹,正张牙舞爪跃跃欲扑。

我充满疑惑,心里闪出一串问号。

红崖羊是雪豹的传统美食,雪豹最喜欢捕猎红崖羊,那是没有疑问的。问题是,红崖羊生性懦弱,通常情况下,只要远远望见雪豹的影子就会闻风而逃。红崖羊顾名思义,就是一种皮毛褐红生活在悬崖峭壁上的羊。红崖羊的蹄子与其他羊的蹄子不同,其他羊的蹄子为坚硬角质,而红崖羊的蹄子长有一层耐磨的胶质,柔软而有弹性,且两根蹄趾间的凹部较深,能增加与地面

的摩擦力，特别适应在陡峭的山崖上行走攀登。红崖羊最大的本领，就是在绝壁上行走如飞，以躲避各种喜食羊肉的敌害。雪豹虽然有"雪山霸主"的称号，也善于在悬崖峭壁间行猎，但若论攀岩的本领，并不比红崖羊高强，所以雪豹虽然面对红崖羊垂涎欲滴，却很难如愿以偿吃到红崖羊。据统计，健康的成年雪豹捕捉健康的成年红崖羊，成功的概率仅为5%。

出现在我视界内的那只红崖羊，皮毛鲜亮，四肢健全，咩叫声十分响亮，一看就知道是健康的成年红崖羊。它所处的位置，绝壁间石缝石沟纵横交错，对红崖羊来说是极有利的逃生地形。客观地说，这只红崖羊是遭遇险境而非绝境，只要立即扬蹄腾跳，是完全有可能化险为夷的。为什么见到雪豹不赶紧逃命，还要伸展头顶的犄角摆开角斗的架势来？羊与豹斗，鸡蛋砸石头，这也太不自量力了啊。

我正在纳闷，跟在我身后的曼晃也发现巉岩上的红崖羊了，兴奋地吠叫着。我想阻拦，但它根本就不听我的，仍杀气腾腾地扑蹿上去。

雪豹与藏獒，从两个角度，试图登上红崖羊所在的那座蛤蟆状巉岩。

一只张牙舞爪的雪豹，再加上一条穷凶极恶的藏獒，那只红崖羊即使有三头六臂也难以逃脱被撕烂咬碎的命运。

让我百思不得其解的是，我从望远镜里看见，那只红崖羊尽管浑身觳觫，羊眼恐惧得几乎要暴突出来，显示其内心的极度紧张，但却仍伫立在巉岩上，没有要退却逃窜的意思。

这时候，红崖羊背后那丛长在石缝间的狗尾巴草，无风自动，腾地竖起一个毛茸茸的橘红色的东西。我定睛一看，是只小羊羔的脑袋。小羊羔身上还湿漉漉的，

羊眼眯成一条缝,抖抖索索地站立起来,但却站不稳,才站了几秒钟,又"啪"地摔倒下去,隐没在那丛狗尾巴草里。再看母崖羊,腹部几只乳房鼓鼓囊囊,就像吊在枝头成熟的香柚。我心头一亮,疑团刹那间解开了:原来这是只刚刚完成分娩的母羊!

每一种哺乳动物都有自己独特的分娩方式。母红崖羊一般都会爬到最陡峭最隐秘的悬崖上去分娩,以减少因分娩时散发出血腥味而遭到猛兽袭击的危险。在母羊分娩的前后几个小时里,母羊处于最虚弱、最无助、最易受攻击的状态。在分娩过程中,母羊丧失奔逃能力。当羊羔呱呱落地,危险骤然放大。羊羔身上浓烈的血腥味,极易引来嗅觉灵敏的食肉兽。羊羔出生后,约四十分钟至一个小时方能站立起来,跟随母羊行动。这是一个非常危险的时间段,也是生命最脆弱的阶段,这期间要是遇到凶猛的食肉兽,小羊羔毫无躲避能力,会成为食肉兽唾手可得的美味佳肴。

这只母崖羊很不幸,在刚刚分娩最脆弱的时候,被饥饿的雪豹盯上了。

地形对母崖羊有利,不然的话,它连同刚出世的羊羔早就命丧豹口了。

这是半山腰一座突兀的巉岩,一半悬空,一半连接陡壁,地势极为险峻。雪豹处在巉岩外侧,必须由低向高蹿跳,才能登上巉岩。巉岩形似蛤蟆,边缘浑圆,向外倾斜。很明显,雪豹之所以还没向母崖羊扑咬,主要是对这险峻的地形有所顾虑,担心万一跳上巉岩后立足未稳,母崖羊趁势用犄角顶撞,使它从巉岩上摔下百丈深渊。

红崖羊虽然好吃,但自己的性命更加可贵,须特别小心。

雪豹在巉岩下徘徊,寻找最佳蹿跳角度,挑选最佳

进攻路线,谋划最佳扑咬方案,等待最佳出击时机。

雪豹的腹部收得很紧,应了一句俗话,肚皮贴到脊梁骨,铜铃般的豹眼闪烁着饥馑的绿光,嘴角口涎滴答,一看就知道是只食欲旺盛的饿豹。毫无疑问,这只雪豹绝不会知难而退放弃这场猎杀。我知道,雪豹发起攻击只是个时间问题。虽然母崖羊占据地形优势,但力量相差太悬殊了,是不可能阻挡雪豹的。母崖羊只有两种选择,要么舍弃宝贝羊羔,要么母子同归于尽。从生存策略说,舍弃羊羔无疑是明智的选择,因为无论母崖羊是战是逃、是生是死,都不可能保住羊羔性命,何必又白白搭上自己的性命呢。留得青山在,不愁没柴烧嘛。可我在望远镜里看得很清楚,母崖羊鼻子喷着粗气,摆开一副格斗的架势,没有任何犹豫和动摇。

它是母亲,初生羊羔是它的第二生命,它愿意生生死死与羊羔在一起。

我随身带着一支左轮手枪,只要朝雪豹头顶开一枪,刺耳的枪声和刺鼻的火药味,一定能把雪豹赶走,救母崖羊于倒悬。可我没这样做。我是个动物学家,野外考察最基本的原则就是尽量不去干预野生动物的正常生活。母崖羊坚强的母爱固然令人钦佩,但雪豹捉羊也属天经地义之举,我不该感情用事去改变它们的命运。

五

就在我这么想时,曼晃与雪豹在巉岩前相遇了。曼晃猛烈咆哮,颈毛怒张,像只发怒的狮子。雪豹当然也不甘示弱,张牙舞爪,气势汹汹地吼叫。

藏獒与雪豹,目的是相同的,都想把对方吓唬走,自己独霸美味佳肴。

据我所知,藏獒虽然高大威猛,但与有"雪山霸主"称号的雪豹相比,力量仍有差距。一般来说,两只藏獒才能制服一只雪豹,倘若一对一较量,藏獒很难与雪豹抗衡。

雪豹杀气腾腾地扑冲过来,血盆大口照准曼晃的头咬去。我想,面对像雪豹这种超级杀手的进攻,曼晃或许会知难而退,夹起尾巴溃逃。可我想错了,这真是一条罕见的猛犬,毫无惧色地迎上去,与雪豹咬成一团。豹吼狗嚎,尘土飞扬。

藏獒毕竟不是雪豹的对手,两个回合下来,曼晃的脸被豹爪撕破了,背脊也被豹牙咬得狗血淋漓。雪豹嘴角塞满狗毛,攻势越来越猛烈。曼晃不得不跳出格斗圈,以躲避雪豹凌厉的攻击,雪豹衔尾追击。

我注意到一个细节,曼晃虽然转身奔逃,但那根尾巴却仍竖得笔直。狗尾巴是狗情绪的晴雨表,兴奋、愤慨、恐惧、胆怯等情绪都会在尾巴上显示出来。假如曼晃因为恐惧而无心恋战，尾巴应该像条死蛇般垂挂在两胯之间；它尾巴竖得笔直，表明不是因伤痛而溃败，而是策略性避让，其内心仍斗志昂扬。

雪豹在后面追了几步，便停了下来。穷寇勿追，对雪豹来说是很明智的做法。雪豹与藏獒格斗虽然略占上风，但并非占有压倒的优势；如果一味纠缠撕咬，雪豹或许最终能将藏獒咬死，但却要冒自己也被咬伤或咬残的风险。对雪豹而言，没必要冒这种风险。只要能把竞争对手驱赶走，独享母崖羊和那只羊羔，就是大获全胜。

雪豹朝曼晃背影吼了几嗓子，倏地一个转身，突然蹿高，跳上蛤蟆状巉岩。它起跳的位置十分理想，刚好是在母崖羊的侧面。等到母崖羊听到动静，转动羊头摇晃犄角想来布防，已经迟了，雪豹已登上巉岩。这时

候，母崖羊还没完全丧失地形上的优势，雪豹站在巉岩边缘，母崖羊站在巉岩顶部，居高临下与雪豹对峙。

母崖羊冲动地想用犄角抵撞雪豹，可又无法克制内心的恐惧，跃跃欲撞，却又不敢真的撞过来，站在那儿踌躇不前。

雪豹虽然站在巉岩边缘，地势倾斜且背后就是百丈悬崖，但豹爪具备锐利且伸缩自如的趾爪，能在笔直的树干上上蹿下跳，能在陡峭的悬崖上如履平地，当然也能稳稳当当地站立在巉岩上。雪豹眯着残忍的眼睛，身体曲蹲，一只前爪抓划地面，"嚓嚓嚓"，令人想起磨刀霍霍这个词。我知道，它即将向面前的母崖羊发起攻击了。

我使用的是十二倍军用望远镜，清晰度很高，我看见母崖羊那双秀美的羊眼泪光朦胧，显示出其内心的极度恐惧。我完全能预料到几秒钟后所要发生的事情：那是雪域荒原常见的一幕，雪豹会以迅雷不及掩耳之势猛扑上去，母崖羊头顶那两支长约半尺、琥珀色的犄角根本无力抵挡雪豹的进攻，豹爪在羊脸上用力掴打，母崖羊被打得晕头转向而跌倒在地，豹嘴就会无情地咬住母崖羊的喉管使其窒息而亡，而衰草丛中那只还站不起来的羊羔，也就成了雪豹一道入口即化的甜美点心。

雪豹的身体呈流线型，前后微微跃动着，眼瞅着就要发起致命攻击了。突然，情理之中又意料之外的事情发生了。我的曼晃仿佛吃了豹子胆似的，跟在雪豹屁股后面也蹿上巉岩去，猞猞怒嚎，趁雪豹来不及转身之际，竟然在雪豹屁股上咬了一口。

雪豹勃然大怒，不得不回转身来对付曼晃。雪豹与藏獒又在巉岩上展开激战。

在向外倾斜的巉岩边缘打斗，其惊险程度不亚于在钢丝绳上翻跟斗。有一半以上的巉岩边缘突兀在山崖外

面,稍有不慎就会滚落百丈悬崖。这地形对曼晃来说,更为不利。狗爪的抓抠能力远不及豹爪,再粗糙的树皮,狗也无法爬上去。狗在斜坡上保持平衡的能力也比豹差多了。显然,在巉岩上搏杀,曼晃更处于劣势境地。

雪豹频频出击,迫使曼晃退却,曼晃退到巉岩边,再退两三步的话,就有可能坠崖了。曼晃仿佛也明白这一点,不顾一切地迎上去,与雪豹扭成一团。豹与狗在倾斜的巉岩边缘打滚。

在豹与狗激烈厮杀时,母崖羊瞪大眼睛密切注视着。

力量对比毕竟有差距,雪豹不知怎么就咬住曼晃的腿,曼晃哀嚎着拼命挣扎。不料雪豹突然松开嘴,并用脑袋猛顶曼晃的腰。曼晃一下子弹射出去,打了两个滚,一直滚到巉岩边缘。它的两只前爪还抓住巉岩上的石缝,两只后爪已滑出巉岩,上半身还在悬崖上,下半身已滚出悬崖外,整个身体悬挂在巉岩边缘。

底下就是云雾袅绕的百丈深渊,就是死神居住的另一个世界。

曼晃受了伤,假如没有谁帮助它的话,要费很大力气才能爬上巉岩。

雪豹银白色的胡须抖动着,眼角和嘴角大幅度上翘,显得非常得意。它迈动矫健的步伐向危难中的曼晃走去。在这场殊死搏杀中,它已稳操胜券,或者说是已取得决定性的胜利。它只需要走拢去,举起犀利的豹爪照准狗脸掴一掌,曼晃就会坠下深渊。从这么高的悬崖摔下去,别说狗了,就是乌龟也会摔成八瓣的。

雪豹几步便来到曼晃跟前,豹脸生动地狞笑着,举起了一只豹爪。几秒钟后,曼晃便会从这个世界消失。雪豹消灭了竞争对手,便可不受任何干扰地猎取母崖羊与那只羊羔了。

说实话,我没想过要去帮助曼晃。它现在的处境,我除了开枪射杀雪豹,是不可能让它转危为安的。雪豹属于国家一类保护动物,我决不会为了一条狗而去伤害一只珍贵的雪豹。再说了,这是只渡魂失败的藏獒,性格乖戾凶暴,缺点多于优点,我已对它有厌烦遗弃之心。性格即命运,残忍导致毁灭,这是它自找的,与我不相干。

雪豹的爪子举到空中,尖利的趾爪已经从爪鞘中伸展出来,像几柄锋利的小匕首,在阳光下闪闪发亮。

就在这节骨眼上,突然,雪豹背后闪出一条红色身影,就像刮起一股炫目的狂飙。还没等我反应过来是怎么回事,那红色狂飙已撞到雪豹身上。雪豹惊吼一声,不由自主地向悬崖边缘冲去。这时我才看清,原来是母崖羊用短短的犄角撞击了雪豹的胯部。

很难推断母崖羊何以会克服懦弱的天性,主动从背后向雪豹发起攻击。或许它明白雪豹一旦将曼晃打下悬崖,就可以毫无障碍地咬杀它和它的宝贝羊羔,横竖是死,倒不如主动出击拼一拼,说不定还能拼出条生路来;或许它天生就是一只特别勇敢的母崖羊,为了自己所钟爱的羊羔,不乏与强敌血战到底的决心;或许它觉得雪豹离巉岩边缘仅一步之遥,自己用足力气从背后猛烈撞击,是有把握将敌害撞下深渊的,天赐良机,它当然不能错过。

有一点是可以肯定的,母崖羊决不会为了救援危难中的曼晃而去攻击雪豹。

母崖羊撞得既准且重,两支犄角刺进雪豹胯部,一下就把雪豹冲出一米远,雪豹整个身体横在巉岩边缘线上,只要再往前去三寸,便掉到悬崖下去了。母崖羊绷紧后腿继续发力,当然是想一举成功,把滞留在边缘线上的雪豹顶出巉岩去。发怒的母崖羊力气不小,雪豹

确实又被往前顶了三寸。但雪豹毕竟是雪豹，身手矫健，反应敏捷，就在被顶出巉岩的一瞬间，突然急旋豹腰，身体在空中做了个九十度的拐弯，两只前爪抓住了母崖羊的肩胛，豹嘴摸索着欲咬羊嘴。这是雪豹捕羊的典型动作，豹嘴一旦咬住羊嘴，便会紧咬不放，使羊因无法呼吸而窒息身亡。此时此刻，母崖羊站立在巉岩边缘线，雪豹两只后爪已悬空在巉岩外侧。奇怪的是，雪豹的血盆大口明明已触碰到羊嘴了，却没有狠命噬咬，只是朝羊嘴呼呼喷吐粗气，用粗糙的豹舌情侣似的舔吻羊唇。我不相信雪豹在这性命攸关的时刻还有闲情逸趣与母崖羊玩接吻的把戏。我是个动物学家，我相信这样一条定律：动物的任何异常行为，目的都是为了确保生存。雪豹之所以在豹嘴触碰到羊嘴后衔而不咬，并非出于慈悲或客套，而是为了拯救它自己的性命。假如现在就咬羊嘴，母崖羊在这个位置窒息倒地，极有可能连羊

带豹一头栽进百丈深渊。雪豹之所以朝羊嘴喷吐气息并用豹舌摩挲羊唇，目的是要用豹嘴那股血腥的气味来搅乱母崖羊的神经，迫使母崖羊退却，从危险的巉岩边缘退到安全地带。换句话说，雪豹是在用特殊方式，企图让母崖羊拖着它撤离这随时都可能坠岩身亡的地方。

这很狡猾，这很聪明；这很卑鄙，这很智慧。

母崖羊往后退了半步。食草动物天生厌恶食肉猛兽身上那股血腥的杀伐之气，强行被豹嘴舔吻，必然会魂飞魄散，本能地要往后躲避。雪豹两只后爪本来处于悬空状态，此时已勉强可支立在巉岩边缘上。倘若母崖羊再往后退半步，雪豹两只后爪就可在巉岩上站稳。毫无疑问，一旦雪豹消除跌落深渊的威胁，就会咬杀母崖羊。

那壁厢，曼晃仍悬吊在巉岩边缘，怔怔地望着激烈搏斗的羊和豹发呆。

母崖羊急促地呼吸着,再次举起蹄子,欲往后退却。雪豹得意地狞笑着,更大剂量地往羊鼻和羊嘴喷灌着血腥气流。悲剧就要发生,杀戮就要开始,崖羊就要母死子亡,雪豹就要化险为夷。就在这节骨眼上,令我目瞪口呆的事情发生了。只见母崖羊突然停止了退却,发出一声石破天惊的咩叫,四肢弯曲,用足全身的力气往前蹿跳。虽然它身上负着沉重的雪豹,但危急时刻迸发出来的力量却是惊人的。我看见母崖羊头顶着雪豹,身体蹿出半米多远。虽然距离仅有半米远,却由生存迈进了死亡。我在望远镜里看得非常清楚,母崖羊跃出巉岩,在空中短暂停留,雪豹的脸恐怖地扭曲了,两只豹眼睁得老大,仿佛要从眼眶里跳出来。一刹那,母崖羊与雪豹从我视界消失了,像流星似的笔直坠落下去。

几秒钟后,悬崖下传来物体砸地的訇然声响。

不难猜测母崖羊跳崖的动机,面临强敌,生存无望,唯有同归于尽。

这时,藏獒曼晃挣扎着从边缘爬上巉岩。它狗毛凌乱,狗脸写满劫后余生的惊恐,站在悬崖边,朝着深渊狺狺吠叫。它的声音嘶哑破碎,就像一支变了调的破喇叭。

它命大福大,它还活着,它有理由感到庆幸。

六

我艰难地向那座蛤蟆状巉岩攀登,想用铁链锁住曼晃的脖颈,把它牵回观察站去。

刚才我在望远镜里看见,曼晃站在悬崖边朝着深渊吠叫一阵后,便一头钻进巉岩背后的衰草丛。衰草丛里,有一只刚刚出生还站不起来的小羊羔。

真应了一句古话:"鹬蚌相争,渔翁得利。"

母崖羊与雪豹同归于尽,对曼晃来说,既除去了竞争对手,又扫除了狩猎障碍,当然是得了渔翁之利。

衰草丛在摇晃,我的视线被遮挡住了,看不见里面究竟发生了什么。但我猜想,曼晃肯定正急不可耐地扑在小羊羔身上在大快朵颐。今早起来我只喂了它两根火腿肠,在崎岖难行的山上转了半天,又与雪豹激烈搏杀了一番,它早已饥肠辘辘。刚出生的小羊羔水灵鲜嫩,活杀活吃,对生性凶猛的藏獒来说,无疑是顿难得的盛宴。我想,它是决不肯放弃这个好机会的。不知为什么,一想到曼晃正在肆意虐杀那只可怜的小羊羔,而又想到母崖羊勇敢地与雪豹同归于尽,我心里就对曼晃产生一种憎恶。虽然理智告诉我,小羊羔失去母崖羊的庇

护，在雪域荒原是无法存活的，或者被猛兽咬杀，或者饿毙后被秃鹫啄食，绝无生的希望。但是，我仍对曼晃去袭击小羊羔感到愤怒，似乎一种美好的情感正在遭受亵渎。

我要把曼晃送往动物园去。像这种铁石心肠劣迹斑斑的野兽，最好的归宿就是终身囚禁在动物园的铁笼子里。我宁肯养一条无用的哈巴狗，也决不会再让它待在我的身边。

我气喘吁吁地爬上巉岩，走近衰草丛，拨开草叶探头望去，一个让我深感意外、惊讶万分又终生难忘的镜头映入我眼帘：小羊羔已抖抖索索站立起来，秀气的羊眼半睁半闭，曼晃侧卧在小羊羔身旁，长长的狗舌舔着小羊羔身上湿漉漉的胎液。我仔细看曼晃的脸，表情温柔，狗眼里充满母性的光辉，仿佛是在舔吻它亲生的狗崽子。

幡然醒悟？立地成佛？还是情感升华？

小羊羔长得很可爱，琥珀色的眼珠，墨玉似的嘴唇，金灿灿的皮毛，挺招人喜欢的。我伸手抚摸小家伙的脸，曼晃忽地跳了起来，胸腔里发出呼呼的低嚎，可尾巴却摇得让人眼花缭乱。它的低嚎我司空见惯，我却是第一次见它这么热烈地朝我摇尾巴。更让我惊奇的是，狗的低嚎表示愤怒和警告，摇尾巴表达喜悦和欢欣，这是两种截然不同的情绪，却同时出现在曼晃身上，这是很有趣的现象。

我把小羊羔抱在怀里，亲昵地用下巴摩挲它的额头。我注意着曼晃的反应，它目不转睛地盯着我看，渐渐地，它发自胸腔的低嚎声停息了，那尾巴却越摇越欢快。

我明白了，曼晃之所以同时做出低嚎和摇尾这两种对立的形体动作，是要表达这么一种复合的情绪：

既警告我别伤害小羊羔,又在恳求我帮帮这无辜的小生命。

我抱着小羊羔往观察站走,一路上,曼晃奔前跑后,紧随我身旁。在下一道陡坎时,我不慎滑了一跤,曼晃惊嚎起来,叼住我的衣袖把我拉起来,表现出从未有过的关怀。在钻一条箐沟时,一只金猫大概是闻到了小羊羔身上那股甜腥的羊膻味,从灌木丛探出脑袋,诡秘而又凶狠地盯着我怀里的小羊羔,图谋不轨,曼晃怒吼一声冲上去,连扑带咬,一直把金猫赶到山顶大树上,这才罢休。

这以后,曼晃好像换了一条狗,它的眼光变得温婉柔和,并习惯了摇尾巴。每当我或强巴给小羊羔喂牛奶时,它就特别起劲地摇尾巴,那条本来就油光水滑的尾巴摇得像一朵盛开的菊花。闲暇时,它喜欢待在小羊羔身旁,就像母亲一样,舔吻小羊羔的皮毛,深情地欣赏小羊羔在它面前欢奔乱跳。早晨我牵着曼晃进山工作，当然把小羊羔留在观察站里，它总是一步三回头，恋恋不舍地告别小羊羔。傍晚回来，离观察站还有老远一截路，它就急不可耐地疾奔而去，抢先一步回到观察站与小羊羔团聚。它仍保持着藏獒骁勇善战的性格，却多了一种家犬的顺从与沉稳。在野外，有时遭遇黑熊或野狼，只要我一声吆喝，它仍会奋不顾身地扑上去撕咬。但若遇到过路的陌生人，或遇到放牧的羊群，我轻喝一声："止！"它马上就停止吠叫，乖乖地退回到我身边。

"现在要是让它做牧羊犬，牧羊人可以天天在家睡大觉。"强巴说，"它已经是条渡过魂的藏獒了，可以用它换两头牦牛啦。"

我知道，是那只勇敢的母崖羊，用它缠绵而又坚强的母爱，重新塑造了曼晃的灵魂。

❷ 老马威尼
LAOMA WEINI

云南多山，交通不便，边远地区运送货物，全靠畜力，故而马帮盛行。

其实，称为"马帮"，还不如称为"骡帮"更确切些，因为即使是一支有几十匹脚力的马帮，也只有一两匹马，其余的都是骡子。骡子是马和驴的杂交，体格普遍比马大，虽不及马奔驰如风，但耐力强，善于在陡峭的山路负重驮远；且不像马那么挑嘴，半筐青草一块豆饼即可喂饱，成本比养马低廉得多。因此，工于算计的马帮头,都愿意要骡子。

但一支马帮,无论大小,不能清一色都是骡子,起码要有一两匹马。骡子在其他方面虽然都比马强,但胆量却奇小。在荒山野岭里行走,免不了会遭遇危险,骡子反应迟钝,更缺乏应付危机的胆魄和智慧,非要马带头奔逃,骡子才会跟着马一起逃命。马在关键时刻是骡子的主心骨。

老马威尼就是一匹杰出的头马,在我们曼广弄寨子的马帮里已服役了十多年。据马帮头召光甩说,威尼曾两次救了马帮。

第一次是马帮在打洛江边歇息打尖,刚卸下驮鞍,一公一母两只大狗熊从江边的一片芦苇丛里跃出来,骡子都吓得趴在地上起不来了,等着狗熊来宰割。威尼嘶叫着,举起前蹄朝狗熊猛踢,独自和两只大狗熊周旋了十来分钟,坚持到赶马人闻讯赶来。

　　第二次是马帮过流沙河，踩着齐腿深的河水刚来到河中央，上游突然传来如雷的轰响，正值汛期，洪峰就要到了。高山峻岭，河床陡峭，一眨眼的工夫，河水就猛涨到一米多深，淹没了骡马的脊背。这还是洪峰在小试锋芒，要不了几分钟，排浪就会铺天盖地飞流直下，像恶魔似的将一切都吞噬掉。骡子都慌了神，任凭赶马人怎么吆喝，怎么鞭赶，也只在原地陀螺似的旋转。关键时刻，又是威尼嘶鸣一声，鬃毛飞扬，水花四溅，拼命朝对岸奔去。榜样的力量是无穷的，骡子们就像黑夜里迷失方向时抬头望见了北斗星一样，跟着威尼迅速登上了岸。回头望时，河中央已是浊浪翻滚一片汪洋。

　　我被调进曼广弄寨马帮队时，威尼已牙口十八。人十八一朵花，马十八豆腐渣。它酱紫色的皮毛褪尽了光泽，鬃毛斑驳，脊梁凹陷，像一弯缺乏美感的下弦月，眼睛里不断分泌出浊黄的眼屎，招引得一群苍蝇老在它脸周围飞舞。它不仅模样憔悴衰老,腿力也不行了,别说驮沉重的货物,就是一架木制的空货鞍放在它背上,它走的时间长了也会四腿打颤。但召光甩仍舍不得它退役,他说:"有威尼在,我心气儿就壮,再凶险的路途,我也敢走。它不能驮东西,就让它空着身走。"

春天是马帮运输的繁忙季节,我们启程将一批景德镇瓷器送往缅甸的勐捧,中途要翻越嘎农山。这是一座喀斯特地貌的石山,悬崖峭壁间凿出一条宽仅一米的羊肠小道,左边是百丈深渊,右边是笔陡的绝壁,长约一里,地势十分险峻,就像悬空走钢丝一般,诨名就叫"鬼见愁"。别说骡马了,人在上面走也会心惊胆寒。好几匹骡子挤在鬼见愁路口,畏畏缩缩,怎么推也不敢上前。召光甩牵着威尼走进鬼见愁,骡子们才战战兢兢地跟上来。

威尼不愧是一匹富有经验的头马,神态安详,不急

不躁,一步步顺着羊肠小道往前走。它的稳健谨慎,就像高效镇静剂,使整队骡马的情绪平稳得就像在平坦的草原上消闲溜达。很快,我们就要走完一里的险途了,召光甩牵着威尼,只差几步就跨出鬼见愁了。就在这时,路口突然刮来一股阴风,还混杂着一股浓烈的腥臭。我就跟在威尼身后,看得清清楚楚,它荒草般芜杂的鬃毛倏地竖直起来,耷拉在股间的尾巴"唰"地举平,马头"嘣"地弹高,浑浊的马眼骇然发亮,干皱的上下嘴唇洞开错位。显然,它发现了让它极度惊恐的危险,正要高声嘶鸣报警呢。我的心陡地提到了嗓子眼,它一嘶鸣,背后唯马首是瞻的三十多匹骡子肯定乱成一锅粥,会掉头夺路奔逃。它们驮着又高又大的货鞍,别说掉头了,稍一转身,货鞍就会抵在绝壁上,不可避免地被弹出羊肠小道,摔下深渊。混乱中,还极有可能把夹在中间的几位赶马人也挤下悬崖去呢!马帮头召光甩眼疾手快,一把拉住缰绳,勒紧辔嚼,强迫威尼将涌到舌尖的嘶鸣声咽了下去。

鬼见愁出口处的茅草丛里,闪过一片斑斓,幽暗的草丛深处,一双贪婪而又饥渴的铜铃大眼,射来两道坚硬锐利的光。

哦,前头有一只拦路虎!

我们的处境极其危险,退是不可能退回去的,虽然带着几支猎枪,却不敢用,枪声一响,骡子就会受惊炸窝,后果不堪设想。

威尼扭着脖子,踢蹬前腿,出于一种本能的恐惧,竭力想转身退却。跟在后面的骡子们虽然并不知道究竟发生了什么事,但从老马威尼惊慌失措的表情和动作中,感受到某种威胁正在逼近,都不约而同地停了下来,扬鬃翘尾,惶惶四顾。

一群惊弓之鸟。大厦即将倾倒。千钧一发的危急

关头。

召光甩用胳膊搂住马脖子,竭尽全力让威尼保持安静。他的手在它的脊背和胸前来来回回抚摸着,人脸贴着马脸,一遍又一遍地摩挲。"我的威尼,哦,我的老威尼,哦,我的好威尼,现在,只有你能救整个马帮了。你是一匹忠诚的好马,你知道你现在该怎么做。我只能指望你了,我的好威尼。"召光甩附在威尼的耳边深情地说着。说也奇怪,老马威尼好像听得懂他的话,情绪慢慢平静下来,不再要扬鬃嘶鸣,也不再要蹦跶转身。它垂下脑袋,凝视着地面,就像哲学家在沉思;它缓缓地重新昂起头来,脸色坚毅沉稳,似乎还隐含着一丝无奈的悲哀。

"去吧,我的好威尼。"召光甩在马屁股上轻轻拍了两掌。

老马威尼眼睛一片潮湿,抖抖鬃毛,迈步向前。我不知道一个生命走向虎口、走向深渊、走向毁灭、走向地狱时会是一种什么样的心情。我只看见,老马威尼小跑着,没有嘶鸣,也没有拐弯,从容不迫地穿过鬼见愁路口那丛山茅草。惨惨阴风和那股浓烈的腥臭味,也尾随着老马威尼渐渐远去。

　　整个马帮平安地通过了鬼见愁,走下山箐时,这才听见远方传来虎的啸叫和马的悲鸣。

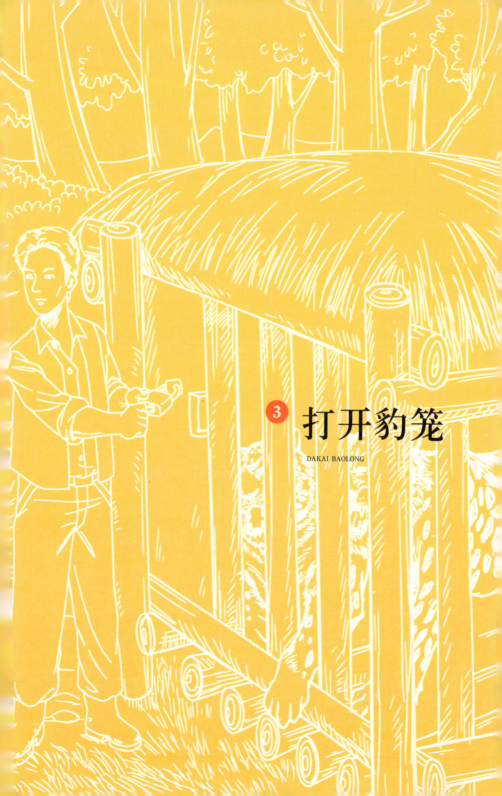

3 打开豹笼

DAKAI BAOLONG

一

　　普通崖羊都是灰褐色的，高黎贡山的崖羊体毛却深褐泛红，到了冬天，毛色鲜红亮丽，在铺满白雪的山上奔跑跳跃，宛如一团团燃烧的火焰。红崖羊性情温和，毛色奇特，是世界上独一无二的品种，因此极其珍贵。遗憾的是，红崖羊的数量太少，只有孤零零一小群，生活在狭窄的纳壶河谷。当地山民也知道红崖羊是世界级的珍稀动物，从不加以伤害。母羊一年生两胎，每胎产两三头小羊羔，繁殖力在牛科动物中算是高的；但不知为什么，红崖羊的数量就是发展不起来。据我请来的向导——藏族猎手强巴告诉我，他爷爷年轻时曾仔细数过，这群红崖羊有六十六头，前几天我在动物观察站用望远镜数了一遍，不多不少，也是六十六头。

半个多世纪过去了，红崖羊的数量一头也没增加，这不能不说是个悲惨的谜。

我连续跟踪了半个多月，终于找到了红崖羊的种群数量之所以发展不起来的症结所在。罪魁祸首就是两只贪得无厌的雪豹。

这是一对豹夫妻，雄豹体长约一米五，雌豹体长约一米三，饰有美丽斑纹的豹尾差不多和身体一样长。雄豹体色灰褐，豹脸布满黄褐与黑色交杂的条纹，银白色的豹须闪闪发亮，显得威风凛凛；雌豹体色银灰，两只

铜铃大眼蓝得像纳壶河的水，嘴角棱角分明，矫健而又秀丽。这对雪豹的窝，就在高黎贡山的雪线附近，与纳壶河谷的直线距离只有1.5千米。它们平均五天就要下山来狩猎一次。不知道是养成了偏食的习惯，还是红崖羊的肉特别好吃，这两只雪豹挑食挑得很厉害，只捉红崖羊。有一次我亲眼看见，它们快下到纳壶河谷时，迎面碰见一头鬃毛高耸的野猪，那野猪一只前脚受了伤，一瘸一拐，走得很慢，对身手敏捷的雪豹来说，捉那头野猪就像瓮中捉鳖，况且又是两个对付一个，简直就是从天上掉下来的肥肉嘛。可是，这两只雪豹对送上门来的野猪一点儿兴趣也没有，雄豹只是懒洋洋地朝毫无戒备越走越近的野猪吼了一声，跛脚野猪吓得屁滚尿流地逃走了，两只雪豹像什么也没发生似的仍然走自己的路。我好几次在望远镜里目睹了雪豹捉羊的场面，那真是一场血淋淋的屠宰。当领头的那只灰胡子老公羊闻到了雪豹的气味，举起前蹄"橐橐橐"急促地敲击岩石——向羊群发出危险逼近的警报后，羊们丧魂落魄地跟着头羊灰胡子奔逃。每一头羊都知道，这是一场生死攸关的赛跑，都竭尽全力想跑得快些，羊蹄飞溅，山坡上烟尘滚滚，就像是决了堤的潮水。雪豹跟在羊群后面紧追不舍。虽然头羊灰胡子很有经验，及时地发现敌情，及时地报警，逃跑的路线也选得恰到好处，绕山爬坡，专走能发挥崖羊跳跃优势的陡峭山道，但跑了一段后，总会有一只体衰的老羊或瘦弱的小羊越跑越慢，掉离了群体，被雪豹凶蛮地扑倒在地，一口咬断了脖颈。它们把死羊拖回雪线，饱餐一顿后，把剩下的羊肉拖到雪坡，挖个雪坑掩埋起来，就像人类把食品放进冰箱冷藏柜里保鲜一样，什么时候饿了刨出来再吃。五天后，一只羊被吃得只剩下几根骨头，于是，同样的悲剧又会重演一遍。这对可恶的雪豹，对待这群红崖羊就好像是

它们豢养的家畜，就好像它们有什么专利权似的，什么时候想吃就什么时候去捉。

死亡的阴影笼罩在头顶，随时都要防备雪豹的突然袭击，每时每刻神经都处在高度的紧张状态，五天就要经历一次恐怖大逃亡，日子过得就像泡在苦水里，还能指望红崖羊大量繁殖吗？就算红崖羊们习惯了这种劫难，频繁的屠杀也会使它们的种群难以发展。这其实是一道并不复杂的算术题，这对雪豹平均五天吃一头羊，一年就要吃掉七十多头羊，足以把母羊的繁殖能力抵消得干干净净。

我的科研题目之一，就是要让这群珍贵的红崖羊发展壮大起来，但我不能简单地把这对雪豹一枪打死。雪豹也叫"艾叶豹"，也是国家一类保护动物。我想了好几天，终于想出个既能驱散笼罩在红崖羊群头顶的死亡阴影，又能不伤害两只雪豹的两全其美的办法来。

二

我和强巴用碗口粗的栗树桩在野生动物观察站旁一块月牙形的悬崖下，扎了一座结实的兽笼。然后，我们埋伏在纳壶河谷红崖羊经常出没的山坡上。翌日黄昏，当那对雪豹同往常一样凶猛地追撵羊群时，我用麻醉枪射中了它们。它们顺着惯性跑了五十几米醉步，便一头栽倒在草丛里。

机灵的红崖羊们在对面的小山坡上停止了溃逃，好奇地朝我们张望。我和强巴先将昏睡不醒的雄豹抬进兽笼，然后又去抬雌豹。这时，头羊灰胡子带着几只胆大的公羊，跑到离我们只有十多米的地方来看热闹。由于当地的山民从不捕猎红崖羊，它们对人一点儿也不惧怕。我为了能近距离地和它们交流，经常在观察站用牦牛皮缝制的帐篷前泼盐水，吸引它们来舔。几个月下

来，它们和我已像老朋友似的十分熟悉，敢走到我面前来让我抚摸它们的角。此刻，当我们把瘫软得像一坨泥巴似的雌豹搬上担架往观察站抬时，头羊灰胡子率领羊群跟在我们后面，一直跟到帐篷后面的兽笼前，看着我们把雌豹关进笼去并上了锁。

灰胡子很聪明，它好像知道我们已制伏了这两只雪豹，小心翼翼地靠近兽笼，挑衅似的朝关在笼里的两只雪豹长长地咩了一声，刚刚开始苏醒的雪豹有气无力地躺在地上，吐着白沫，"呼噜呼噜"地喘息。经过一番试探，灰胡子证实了两只雪豹已是阶下囚，无法冲出牢笼来施展淫威，就扭头朝散在帐篷四周的羊群叫了数声。羊们便走拢来，围在兽笼前，一只接一只"咩咩"叫着。叫声凄凉哀婉，尤其是犄角短小的母羊们，身体颤抖，泪光盈盈，叫得如泣如诉。那阵势，极像是翻身农奴在开控诉会，控诉雪豹的残暴。它们受雪豹多年的迫害，苦大仇深，每一只羊都有自己的"亲人"葬身豹腹，心里都有一本血泪账。

这时，雪豹已完全苏醒过来，受了羊的奚落，在笼子里上蹿下跳，吼叫扑咬。我怕它们受的刺激太大，会在木桩上撞得头破血流，赶紧把羊群哄出观察站。虽然雪豹代表恶，红崖羊代表善，但我不是除暴安良的法官，不是来替红崖羊报仇雪恨的。我是个动物学家，我是在进行一项科学实验，我有责任确保雪豹的安全。

羊群兴奋地"咩咩"叫着，回纳壶河谷去了。它们高唱胜利的凯歌，迎接和平安宁的新生活。灰胡子经过我身旁时，伸出舌头舔舔我的鞋子，温柔地"咩咩"叫了两声，我知道，它是在代表红崖羊们对我表示深深的谢意。在以后很长的一段日子里，它们只要一看见我，就像唱赞歌似的朝我柔声咩叫。我为它们制伏了恶魔似的雪豹，它们把我当作大救星了。

纳壶河谷历来是雪豹的势力范围,没有其他的食肉兽敢来染指。雪豹被我囚禁后,红崖羊唯一的天敌不存在了。明媚的阳光属于它们,碧绿的草地属于它们,清清的河水属于它们。它们的繁殖力大大提高,到了夏天,母羊们这一茬一共产下四十来只小羊羔,存活率达到百分之八十。而过去雪豹在的时候,羊羔的存活率不足百分之十。

仅仅过了半年,这群红崖羊就由六十六头发展到一百多头。实验如此顺利,我心里很高兴。

三

慢慢地,我发现红崖羊的行为发生了令人担忧的变化。首先是头羊灰胡子的领导权威在迅速下降。灰胡子牙口大概十岁左右,这年龄对红崖羊来说,已经不算年轻了,可划归中老年行列。灰胡子的身体并不特别健壮,犄角也不比其他大公羊更宽厚坚硬,它之所以被众羊拥戴为头羊,依赖于它的视觉、嗅觉和听觉特别灵敏,几乎每一次雪豹偷袭,都是它最早发现,第一个用羊蹄敲击岩石向羊群报警;它还具有很丰富的逃亡经验,熟悉地形道路,从来不会把羊群带到无路可逃的悬崖或选错逃跑路线被雪豹兜头拦截。就因为这两大优势,灰胡子在羊群中享有很高的威信,它走到哪儿,羊群就跟到哪儿,从来没有谁会不听它的指挥。可自从雪豹被我们关起来后,灰胡子的指挥逐渐失灵,有时它跑到河边去喝水,有的羊仍留在山坡上玩耍;它喝完水回山岗去了,有的羊却在河滩玩到天黑才归群。表现得最出格的要算那只五岁龄的公羊大白角了,这家伙身材高大,长得特别结实,腿上的腱子肉像树瘤似的一块块凸

显出来,头上的犄角呈与众不同的乳白色。它好像特别爱与灰胡子闹别扭,灰胡子到牧场里吃草,它偏要钻进树林啃树皮;灰胡子带着羊群在一个溶洞里过夜,它偏要攀登到悬崖那块马鞍形的巨石上去睡觉。有一次,羊群行进到一个三岔路口,灰胡子站在路口像交通警似的履行头羊的职责,让羊们有秩序地往左拐,到我的帐篷前来舔盐巴水。突然,大白角从队伍里斜刺窜出来,挤到灰胡子站立的位置上,用它漂亮的犄角,威逼两只母羊和几只小羊朝右拐,和羊群背道而驰,往对面山顶那片紫苜蓿地走。这是一种对权威的公开挑战,是明目张胆的叛逆,灰胡子气得浑身哆嗦,摇晃着犄角,用一种粗俗的声音朝大白角"咩咩"吼叫,大概是想教训教训大白角,以挽回被严重损害的威望。大白角根本不吃这一套,也亮出头顶那两支又宽又厚的白角,拧着脖子要和灰胡子一比高低。灰胡子望望比自己高大结实的大白角，大概自知不是对手，凄厉地咩了一声，缩回羊群去。大白角得意扬扬地裹胁着两只母羊和几只小羊，在紫苜蓿地里玩了个痛快，三天后才返回群体。

唉，天敌雪豹不在了，羊们已不再需要及时的报警和丰富的逃亡经验，头羊灰胡子赖以统治和驾驭众羊的两大长处失去了作用，也难怪会出现离心倾向。

夏天出生的那茬羊羔长大后，情况变得更糟糕，它们从没体会过雪豹的凶残和厉害，从没经历过被雪豹偷袭、被雪豹追得走投无路的危险境况，自然也从没领略过灰胡子出类拔萃的反应能力和高超的逃亡技术，因此，根本不把灰胡子放在眼里，桀骜不驯，我行我素，经常招呼也不打一声就离开群体。

到后来，只有七八只上了年纪的老羊还忠心耿耿地跟着头羊灰胡子，而红崖羊群名副其实地变成了一盘散沙。

第二个最显著的变化,就是红崖羊的性格越来越粗暴了。过去它们温柔得就像天使,我观察了它们那么长的时间,从未发现它们之间有谁认真地打过架。它们总是静静地吃草,静静地晒太阳,群体和睦相处。尤其让我感动的是,当它们终于逃脱了雪豹的捕杀,危险解除后,群体所有的成员便会聚拢在一起,你嗅闻我的脸颊,我摩挲你的脖颈,"咩咩"柔声安慰着对方,互相庆贺死里逃生,那情景,亲密得就像兄弟姐妹。我和不少种类的崖羊打过交道,平时还显得温顺,但一旦为食物和配偶发生了矛盾,公羊之间便会大打出手,用犄角互相顶撞,打得头破血流,一方负伤而逃,这才罢休。而红崖羊即使在发情求偶期间,公羊之间为争夺同一只母羊,彼此间也只是互相炫耀头顶的角,炫耀发达的肌肉,进行一场文明的较量,稍弱的一方便会知趣地退却。在其他种类的崖羊里,经常可以看到独眼羊、独角羊，那是频繁地打架斗殴所产生的杰作。而在红崖羊群里，我从没发现过伤痕累累的残疾羊。遗憾的是，自从雪豹成了囚犯，红崖羊群和睦的家庭气氛每况愈下。它们不再受雪豹的捕杀，不再有死里逃生的惊喜，也不再有劫后余生的后怕，当然也就不会再出现互相安慰互相庆贺的亲密动人的情景。笼罩在它们头顶的死亡阴影消除了，同生死共患难的友谊也随之而淡薄。它们变得越来越像其他种类的崖羊，不，脾气粗暴得简直比其他种类的崖羊有过之而无不及。为了争夺一小块鲜嫩的野荠菜，两只母羊会怒目相视，吼叫谩骂；为了挤到上游的方向喝到更干净的河水，两只公羊会用犄角斗得你死我活；就连刚刚长出嫩角的半大小羊，也整天你撞我我搡你，扭成一团，闹得天昏地暗。从早到晚，都能听到纳壶河谷里传来红崖羊吵吵嚷嚷的叫声和羊角乒乒乓乓的撞击声。大约两个月后的一天早晨，我在纳壶河边与红

崖羊群擦肩而过,我惊讶地发现,羊群里有两只公羊变成了断角羊,有三只公羊变成了独眼羊。

头羊灰胡子走到我面前后,再也不柔声"咩咩"地对我唱赞歌了,它斜着羊眼,用一种忧伤焦虑的眼光看了我一眼,垂着头匆匆而过。

或许,红崖羊同其他种类的崖羊一样,本性中既有温柔的一面,也有粗暴的一面,过去因为时时处在外敌的威胁中,为了生存,它们粗暴的性格被有效地抑制住了,现在,死亡的警铃不再拉响,隐藏的粗暴显露出来。

四

红崖羊群大规模的分裂发生在初冬季节。雪花飘舞,雪线下移,纳壶河谷封冻了,草坡盖了厚厚一层积雪，食物匮乏，羊们只能啃食树皮维持生命。过去，红崖羊群都是以集体缩食的办法度过高黎贡山严酷的冬天的，它们在头羊灰胡子的率领下，从一片树林转到另一片树林，每只羊都自觉地吃个半饱，有限的资源平均分配，虽然吃不饱，倒也没有饿死的，一个冬天下来，每只羊都掉膘，都瘦了整整一圈，但极少发生冻死饿死的现象。这一次，当第一场雪下过后，公羊大白角就伙同一只黑蹄子公羊和另一只双下巴公羊，像发动军事政变似的，突然占领了河谷南端最大的一片榆树林。大白角和两个帮凶撅着犄角，在树林边缘奔跑着，吼叫着，阻止其他羊进入。有一只秃尾巴老公羊看不惯大白角的霸道，瞅了个空子，钻进榆树林来，大白角立刻冲过去，凌空跃起，"咚"的一声，坚硬的羊角撞在秃尾巴老公羊的脸上，只一个回合，老公羊被撞出一丈多远，满脸是血，咩咩哀叫。大白角还嫌不够，挺着两支漂亮的白

角,又恶狠狠地朝秃尾巴逼去,老公羊挣扎着站起来,丧魂落魄地逃出了榆树林。其他羊都被震住了,再也没有谁敢贸然跨进榆树林来。头羊灰胡子无可奈何地长哞一声,带着羊群离开了榆树林。

大白角和它的同伙在榆树林边缘拉屎撒尿,在每一棵树上都啃出一道齿印来,我知道,这是一种占领的标志,有点像人类用界桩划定边境线。

大白角的行为无疑具有一种示范作用,很快,年轻力壮有点实力的公羊依葫芦画瓢,三三两两结成强盗同盟,瓜分了纳壶河谷所有的树林。连头羊灰胡子也未能保持大公无私的品质,与四只和它年龄相仿的公羊占据了一块白桦树林。剩下约一半数量的红崖羊,在白雪覆盖的河滩和山坡上流浪。这些倒霉的羊中,大部分是雌羊、刚刚长大的小羊和上了年纪的老羊。

我想,红崖羊群之所以会分裂成若干个小集团,除了哺乳类动物天生就有领地意识这一条外,关键是冬天的纳壶河谷食物资源有限,过去只有六十六只红崖羊时,只能过半饥半饱的日子,现在群体的数量一下子猛增到一百来只,食物就更显得紧张了。羊们出于一种对饥饿的恐慌,这才恃强凌弱,霸占树林的。我想用分流的办法,帮助没有固定食物源的半数弱羊度过饥荒。具体地说,就是让它们搬出狭窄的纳壶河谷,迁移到邻近的黑森林去。从纳壶河谷到黑森林,路程并不远,只要翻过西边那座双驼峰形的雪山垭口就到了。我采用食物引诱的办法,用谷粒在雪地上撒出一条线来,一直延续到黑森林。饥饿的羊们捡食着谷粒,一直走到雪山垭口,这是纳壶河谷与黑森林的分界线,眼瞅着就要大功告成了,突然,它们停了下来,再也不肯走了。这时,黑森林里隐隐约约传来数声狼嗥,羊们惊慌失措地扭头就跑,逃回了纳壶河谷。后来我又试了两次,均归失

败。红崖羊天生就缺乏开拓进取的精神,它们宁肯守着穷家挨饿,也不愿冒险走出纳壶河谷。

天气越来越寒冷,雪也越下越大。半数的弱羊日子越来越难过,它们或者偷偷摸摸溜进树林啃两口树皮,或者靠我施舍有限的谷粒,或者用羊蹄和嘴吻扒开雪层啃食衰草。到了隆冬,霸占树林的强壮的羊加强戒备,很难偷吃到树皮了,而我因为大雪封住了山路,粮食运不进来,储存的谷粒仅够维持我和强巴的生活,无法再接济它们,地上的雪层越积越厚,有的地方结成难以挖掘的冰层,它们就陷入了绝境。我几乎每天都可以发现变成饿殍的红崖羊。它们的后腿跪在雪地里,两只前蹄仍作扒刨状,满嘴冰碴,羊眼凝固着饥馑的光,身体却早已冻成了硬邦邦的冰坨。不难想象,在它们生命的最后时刻,仍渴望着能从冰雪下刨出些衰草来糊口。大雪迷漫,它们衰弱的生命就像风中的烛光,刨着、扒着、拱着,突然,心脏停止了跳动,就像风吹熄了微弱的烛光……

这些雪地饿殍,只好拖来给笼子里的两只雪豹当食物了。

当第一声春雷炸响时,我在雪地里一共捡到三十三只因饥寒交迫而死亡的红崖羊。

那天,我到云雾崖考察金雕的生活,黄昏归来,途经白桦树林,头羊灰胡子朝我"咩咩"叫,声调悲愤,充满了埋怨与责备的意味。哦,老伙计,别泄气,瞧,艳阳高照,冰雪消融,树枝吐翠,草地泛绿,春天到了,一切都会好起来的。

当食物变得丰盛,一切因饥饿引发的罪恶就会自动停止了,我想。

五

明媚的春光就像祥和的佛光照耀着红崖羊群。身强力壮的公羊主动放弃了被它们霸占了整整一个冬天的树林,来到青草萋萋的山坡。割据式的局面被打破了,起码从表面看,七十多只红崖羊又合成了一个群体。被饥饿折磨得心力交瘁的羊们,无暇顾及其他,整天埋头吃草,吃饱后就懒洋洋地躺在石头上晒太阳。

熬过冬天是春天,熬过战争是和平,熬过动乱是安宁,熬过艰难是幸福。

然而,红崖羊群的和平与安宁仅仅维持了一个多月,新的动乱与战争又开始了,而且,比冬天的食物之争规模更大,打斗得也更残酷,后果也更悲惨。

经过一个多月的休养生息,经过一个多月的吃了睡睡了吃,每只红崖羊都养得膘肥体壮,精神抖擞。当时令进入仲春，红崖羊体内的生物钟也指向了发情求偶期。那只野心勃勃的大白角公羊，又带头挑起了事端，把羊群里好几只年轻貌美的雌羊赶到半山腰一块平台上，然后摇晃着头上的犄角，气势汹汹地对着羊群"咩咩"吼叫，似乎在当众宣布：这几只雌羊归我所有了！大白角蛮横的行为就像点燃了炸药包上的导火索，羊群炸窝似的乱成一团。许多大公羊纷纷效法大白角，守在自己中意的雌羊身边，宣战似的乱吼乱叫。最多只有半个小时的时间，羊群里的雌羊就像财产似的被瓜分完毕。本来，红崖羊群雄羊和雌羊的数量各占一半，但冬天里饿死的三十三只羊中，大部分是雌羊，雌雄比例严重失调。红崖羊实行的又是多偶制的婚配习俗，起码有半数以上的雄羊被关在爱情的门外。那些没有及时圈住雌羊的单身雄羊，在树干和岩石上不断磨砺着头上的犄角，瞪着一双双布满血丝的眼睛，暴躁地在山道上奔跳

飞跑,不时朝那些圈住并守着雌羊的公羊引颈长咩,宣泄着愤懑与嫉恨。

战争的序幕就这样拉开了。

崖羊之所以叫崖羊,是因为这个种类的羊善于攀爬陡峭的山道,喜欢生活在高高的山崖上。不知道是出于物种的习性,还是出于安全的考虑,那些幸运的公羊都把雌羊安顿在陡坡或悬崖上,地势十分险峻。

我在望远镜里看得清清楚楚,一只我给它取名叫"大臀"的公羊,蹦跳到半山腰的平台上,向大白角发起了挑战。大臀也是红崖羊群里优秀的大公羊,角粗体魁,尤其后肢特别发达,臀圆如鼓,腿壮如柱。大臀和大白角相隔二十多米,就互相瞪着血红的眼睛,"咩咩"叫着,低着头挺着脖子,亮出头上的犄角,扬蹄朝对方冲去。"咚",羊角和羊角猛烈碰撞,迸溅起一串火星,空谷回声,惊得树丛里的鸟儿四散飞逃。两只公羊都被震得倒退了好几步,大臀闪了个趔趄,大白角则一屁股跌倒在地。它们挣扎着爬起来,又吼叫着冲向对方……

几只雌羊站在边上静静地观望着大臀和大白角激烈的搏杀,等待着它们决出输赢来。按照羊的习惯,胜者为新郎,败者为窝囊废。

十几个回合下来,大臀满脸是血,角尖折断,大白角脖子拧歪了,前腿弯被撞开了一个很长的血口。没想到,在食肉兽面前表现得十分软弱的红崖羊,窝里斗却特别勇敢,大有视死如归的英雄气概。虽然都负了伤,却一个也不肯退却,仍举着羊角拼命朝对方冲撞。

对外越懦弱,对内越凶暴,这也许是动物界的一条规律,我想。

三十几个回合后,大臀的力气渐渐不支,被逼到悬崖边缘,它竭力想扭转败局,两只后蹄蹬在一块石头上,身体绷直,想用顶牛的办法把大白角抵退,不幸的

是，它后蹄踩着的那块石头突然松动了，它没防备，失足从几十丈高的悬崖上摔了下去。

"咩——咩——"，大白角兴奋地引颈高叫。

山崖和峭壁间，到处都可以看到公羊和公羊之间殊死的格斗。

纳壶河谷变成了名副其实的战场，羊角与羊角乒乒乓乓的撞击声此起彼伏。我半夜睡在帐篷里，都能听到失败的公羊从山崖坠入深渊的訇然声响。

一个星期后，我用望远镜数了一遍，红崖羊群的数量急剧下降，由七十多只变成了六十来只。据我所知，红崖羊的发情期长达一个多月，要从仲春延续到暮春，若按这个速度减员，到发情期结束，羊群恐怕所剩无几了。最让我震惊的是，许多羊，特别是去年出生的那茬羊，体毛的颜色也发生了变化。以往的春季，它们的体毛虽然没有冬季那么红得鲜艳夺目，但仍是褐黄偏红，不失红崖羊的特征。但现在，老公羊的体毛大都褐黄偏青，身上红色的光泽明显地消退了；而去年出生的那茬羊，不知怎么回事，体毛灰褐，只有毛尖儿上还残留着一层若有若无的水红色的幻影。我翻阅了许多参考书籍才知道，动物如果长时间处在焦虑暴躁的精神状态，内分泌会失调，会引起体毛黯然变色。

红崖羊之所以珍贵，之所以独一无二，就在于它性格温顺，体毛红艳。性格温顺早就不存在了，如果连毛色也变得同其他种类的崖羊一样，灰褐泛青，那么，红崖羊独特的价值也就消失殆尽了。

怎么办？怎么办？我一筹莫展。

六

我的藏族向导强巴昨天下午到镇上采购我们所需要的生活用品去了,我一个人睡在帐篷里。天已大亮,我懒得起来,趴在被窝里翻看一本有关崖羊的专著,希望能找到解决目前红崖羊群所面临的生存危机的办法。

"咩——",我的耳边响起一声羊叫,又响起杂乱的羊蹄声。透过牦牛皮,我看见好几只羊的影子在帐篷外晃动。经常有红崖羊光临观察站来舔食我们泼在地上的盐巴水,我并不在意。突然,"咚"的一声,好像有羊在撞击固定帐篷的木桩,帐篷颤抖,吊在上面的猎枪、筷筒、挎包稀里哗啦往下掉。你们也太淘气了一点儿,我大喝一声,想把它们吓走,可我的喝叫声非但没起到驱赶的作用,反而引来了更猛烈的撞击。"咚,咚咚",帐篷摇晃倾斜,好像就要倒了。我急忙翻身起来,顺手抄起一根牛皮鞭,撩起门帘,冲出帐篷,准备教训那几只爱恶作剧的红崖羊。我跨出帐篷,一下子惊呆了。头羊灰胡子带着三只老公羊,正怒冲冲地用犄角撞用蹄子踩,试图弄倒我的帐篷。它们眼睛里充满着仇恨,好像我的帐篷是它们不共戴天的仇敌,暴烈地又踩又撞。我意识到一根牛皮鞭无济于事,应当换一支猎枪,刚想转身,"哗",牦牛皮帐篷被它们撞倒了,短时间内根本别想找到我的猎枪。

这时,灰胡子昂起头来长咩了一声,瞪着两只充满血丝的眼睛,勾着头,挺着那对犄角,全身肌肉绷得像铁一样紧,打着响鼻,"唰"的一声朝我冲过来。那架势,完全和两只公羊为争夺配偶的打架一模一样。这些老家伙,在情场吃了败仗,要拿我出气呢。我这里可没有什么雌羊,我压根儿对雌羊也不感兴趣,可是,跟它们讲道理,它们能听得懂吗?我头上没有犄角,跟灰胡

子对撞的话,怕会撞出脑震荡来的。好汉不吃眼前亏,三十六计走为上计,我朝旁边一闪,灰胡子撞了个空,我拔腿就跑。但才跑了几步,就被另外三只老公羊追上了,东西南北,四只羊站在四个方向,把我围在了中间。"咚",我背上挨了一角,身不由己地朝前跌去;站在前面的灰胡子在我胸部顶了一下,我歪歪扭扭地倒向一边,又被不讲礼貌的老公羊重重地推了出去……我好像成了一只肉球,它们在顶球玩哩。它们倒玩得高兴,我可吃尽了苦头。才被顶了两圈,肋骨就火辣辣地疼,心里七荤八素,闷得难受,想呕吐。"咩——",灰胡子用一种平稳的声调叫了一声,另外三只老公羊停止了对我的撞击。我站立不稳,跌倒在地。"咩咩咩",灰胡子嘴吻贴近我的耳畔叫着,好像在催促我快站起来。我偏赖在地上不起来,看你们还怎么把我当肉球顶?灰胡子见我耍赖,高高扬起一只前蹄,举到我脸上,作出一副踩踏状。红崖羊的蹄子硬如铁、大如锤，十六只羊蹄就像十六把铁锤，要真的照我脸锤下来，我的脸不被锤扁才怪呢！比较之下，站起来当肉球似乎受的罪要轻些。无奈，我只好挣扎着站了起来。奇怪的是，它们不再用犄角顶我，灰胡子走到我面前，用一种忧伤的央求的眼光望着我，"咩——咩——"，一声接一声叫着，叫得凄凉悲哀。另外三只老公羊也用同样的表情、同样的声调朝我咩叫。它们好像并不想置我于死地，而是在对我发泄它们的不满，倾吐它们的怨恨，然后企望我能替它们做什么事。它们若真想取我的小命，猛烈撞的话，我早就呜呼哀哉了。可我不明白它们究竟要我干什么，我茫然地望着它们。

头羊灰胡子用犄角叉住我的腰，一拧脖子，把我的身体旋转了九十度，脸朝向帐篷后面那条荒草掩映的小路。然后，它的角抵住我的背，把我往小路上推。小路

的尽头就是豹笼。被囚禁在笼子里已长达十个月的两只雪豹，正趴在木桩上，焦急地向小路上张望，等待我去喂食。我们走到离笼子还有三十来米远时，两只雪豹闻到了红崖羊的气味，按捺不住内心的激动，发出惊天动地的吼叫声。老公羊们害怕了，身体瑟瑟发抖，另外三只老公羊停了下来，不敢再往前走，只有灰胡子还壮着胆子，推着我一直走到豹笼前。"咩——"，它用一种含混着绝望与渴望的奇特的声调朝我叫了一声。

我打了个寒噤，突然产生了一个灵感，灰胡子之所以把我推到豹笼前，莫不是想让我打开豹笼？为了验证自己的想法，我哆嗦着掏出钥匙，做出要开锁的样子，回头看灰胡子的反应。灰胡子"唰"地朝后跳出十五六米，惊恐不安地"咩咩"叫着。也许，是我误会了它们的意图，它们不过是想来看看被我羁押了十个月的天敌，就像普通的探监一样。可当我把钥匙放下来时，灰胡子又转身跑了回来，朝我勾头亮角，恶狠狠地"咩咩"直叫，那举动分明是逼我完成开锁的动作。我把钥匙插进锁孔，"咔嚓"一声脆响，锁打开了。灰胡子又"唰"地转身逃出十五六米远，然后停了下来，前腿绷后腿曲，身体仍摆着窜逃的姿势，脖颈扭向背后，朝我"咩"地叫了一声，声音沉郁有力，透出一种坚定不移的意味。

再清楚不过了，它就是要我打开豹笼！

我的心一阵颤抖。想当初，我把这两只雪豹关进笼子时，这些红崖羊高兴得就像过节一样，灰胡子还舔我的鞋子对我感恩戴德，仅仅过了十个月，这些红崖羊却用武力威逼我打开豹笼。谁都知道，对红崖羊而言，打开豹笼意味着什么。魔鬼出洞，死神莅临，血腥的屠宰重新开始！然而，它们却像请神一样要请回这两只雪豹。

我开了锁,把豹笼开启一条缝,然后爬上树去。

两只雪豹雄赳赳地跨出兽笼,在阳光下伸了个懒腰。灰胡子惊骇地咩叫一声,带着三只老公羊飞快地逃向纳壶河谷。雪豹大吼一声,尾追而去。纳壶河谷里,展开了一场生死追逐。

就像突然断电一样,山崖峭壁间乒乒乓乓的犄角碰撞声停止了。在以后的几天里,我再也没有见到因打架斗殴从悬崖上掉下来摔死的公羊。也许,对缺乏开拓精神又醉心于窝里斗的红崖羊来说,天敌的存在并不是一件坏事。

生活兜了个圆圈,从终点又回到了起点。

三个多月后,我在河滩上又遇见了红崖羊群,它们体毛泛红,安静地吃着草,温顺地围绕在头羊灰胡子的身边。我数了数,不多不少,刚好是六十六只。或许,在狭窄的纳壶河谷里,两只雪豹,六十六只红崖羊,是个最佳平衡点呢。

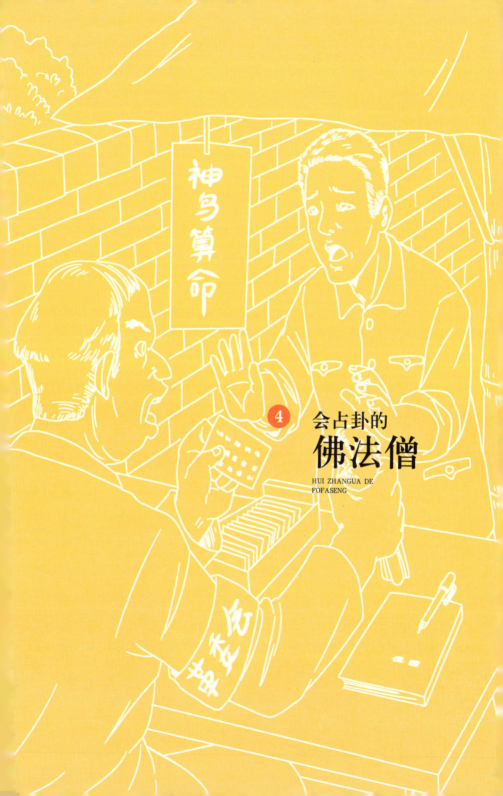

佛、法、僧并称为"佛教三宝",另外佛学中还有三皈依的说法,指的就是皈依佛、皈依法、皈依僧。有一种鸟,学名也叫"佛法僧",又叫"三宝鸟"。我没考证过这种鸟跟佛教有什么渊源,也许这种鸟喜欢在寺庙里垒窝筑巢,也许这种鸟的品性与佛教有某种相似之处,所以才起了这么个奇怪的鸟名。

二十年前,我养过一只佛法僧,黄背蓝翅,翼羽尖端镶着一圈紫色绒毛,胸腹为深棕色,头尾黑色,体长约三十厘米,婀娜娇美,聪明伶俐,我给它起名叫"佛儿"。经过一段时间训练,它学会了占卦算命。算命当然是假的,无非是按我的指令完成一种游戏。具体的操作步骤是:我用硬纸片做了一百〇八张录有各种能演绎吉凶福祸的谶语的牌,分为官运、财运、寿运、婚姻、子嗣五大门类。当有人前来求签问卦时,我当着来人的面,将一百〇八张牌插乱洗匀,再叠整齐后放进一只长方形的木匣子里,然后让来人在一张点过朱砂的黄裱纸上写下自己的姓名和生辰八字。我把黄表纸烧着后,口中念念有词,在佛法僧头顶绕三匝,它就会跳到木匣子上,抖动翅膀,"叽呀叽呀"地叫着,像喝醉酒似的旋转舞蹈,就好像神灵依附到它身上了似的,以期博得客人的信任。然后,它用短阔的红嘴喙,从木匣子里抽出一张牌来,我则根据它给我的牌上谶语的内容,为客人指点迷津。至于它要抽哪一张牌,则完全掌握在我的手

里——我做出一个特定的手势,它就去啄标有记号的那张牌。

我身体弱,干农活挣不到饭吃,为了糊口,在镇上摆了个算命摊。那年月,混乱多灾,想要消灾祈福求平安的人不少,因此,生意不算兴隆但还过得去。

佛儿极有灵性,自从扮演了神鸟角色后,连续做了一千多笔生意,每次我暗示它取哪张牌,它就准确地将我所需要的牌从木匣子里抽出来交到我手里,几乎从未出过差错。只有一次例外,那是两个月前一个风雨晦暗的黄昏,我正要收摊回家,突然,街对面药铺里走出一个面色菜黄的中年妇女,犹犹豫豫地穿过青石板路往我的算命摊前走来。

"大嫂,算个命吧,神鸟占卦,百试百灵,消灾解难,每次两元。"我热情地招呼道。

"我……那就……"她惶恐地支支吾吾道。

"大嫂不必开口,只消把你的尊姓大名写下来,神鸟就会把你心中所想的事算出来,灵不灵当场试验,算得不准分文不取。"

我说得斩钉截铁,口气十分肯定。算命嘛,靠的就是察言观色。我对她从头到脚细看了一遍,对她的遭遇已猜了个八九不离十。她眼睛又红又肿,显然,已到了泪儿哭干的悲惨境地;她从药铺出来,很明显,家里有人卧病在床;抓了药又来求卦,百分之百那人已病入膏肓,快求医无门了;假如是老人染疾,她不会如此憔悴疲惫,就像一棵被霜打过的小草;假如是儿女生病,她不该六神无主,印堂发黑,就像大梁即将断裂的一间旧屋。毫无疑问,病者是她的丈夫,一家之主。

当点有朱砂的黄表纸焚烧后,我便打定主意,要让佛儿抽一张下签出来。我一百〇八张牌里头,有五十张是预示大吉大利的上上签,有三十张是预示富贵吉祥平

安的上签，有二十五张是预示坎坷即将过去、坦途就在眼前的中签，只有三张是预示凶兆和厄运的下签。我摆算命摊半年多来，极少动用这三张下签，倒不是没碰到过在生活中走投无路身陷绝境的倒霉蛋前来求签问卦，而是我没百分之百的把握，不敢轻易给客人抽下签。我想，这女人的霉运都写在脸上了，抽她一张下签，必定很快应验，这样一来，我和佛儿就会名声大噪，生意就会火爆起来，何乐而不为？我悄悄地将两手的食指交叉成X状，这是暗示它去啄第一百○六张牌，那张牌上的谶语是这样写的："车断轴，房断梁，鱼断水，鸟断翅，一座高山被水淹，一缕青烟西归去。"我觉得这段谶语和她目前的境遇相吻合。

佛儿看了看我的手势，跳到木匣上，舞兮蹈兮，然后伸出鲜红的嘴喙，在木匣里搜寻了一番，好像找不到我所要的那张牌，又抬起脑袋，偏着脸用一种询问的表情望着我。我又做了个两根食指交叉的手势，它缩着脖子翘起嘴喙，做出一副凝神思考状。这时，那位中年妇女有点儿沉不住气了，嗫嚅着问："它……它不愿替我算命吗？"我赶紧说："不，不，是你的命太苦了，它在为你伤心呢。"我这一句话，就像打开了她的泪匣子，她双手掩脸，瘦削的肩头猛烈抽搐着，泪水从她指缝间溢流出来。佛儿看着她，全身的羽毛蓬松颤抖，哀哀地叫了一声，嘴喙伸进木匣，叼出一张牌来，递到我的手里，我一看，不是我所需要的那张下签，而是一张中签。中年妇女满怀希望地盯着我看，我不可能当着她的面再让佛儿换一张签，只好照本宣科："一棵大树枝叶黄，树上鸟儿心慌慌，东去寻得圣水来，浇灌病树发新芽。"念罢，我解释道："大嫂，按谶语所言，你丈夫病得不轻。你从这儿往东走，或许能找到救你丈夫的办法。"她黯然的眼睛里跳出一丝光亮来，半信半疑地说："医院都不

给治了,说是他想吃什么就给他吃点什么,让我们准备后事。你这鸟,真的比医生还管用吗?"我淡淡一笑说:"人算不如天算,你就到东边去试一试吧。"

待她走后,我手指戳了一下佛儿的脑壳,狠狠地骂道:"笨蛋!"

它自知理亏,羞赧地把脑袋插进翅膀底下去了。

没想到,半个月后,那位中年妇女满面春风地来到我的算命摊,对我千恩万谢,说是她按照我的指点,往东走了约三里,碰到一个满头白发的老道士,给了她三颗药丸,她丈夫服下后,绝症竟奇迹般地痊愈了。

没想到,佛儿抽错了牌,竟歪打正着,救了一条人命!这事儿一传十,十传百,很快,佛儿名声大振,人人都说我的佛儿是观音菩萨点化的神鸟,专门到尘世来救苦救难的,我的生意随即也兴隆火爆起来。但我心里十分清楚,佛儿绝不具备什么特异功能,不过是因为我极少指示它啄取下签,它对我要它抽下签的手势生疏了,犯了一个小小的错误罢了。

他穿着一身旧军装,戴着造反派的红袖章,神气活现地站在街上。立刻,路两边摆地摊的小贩们慌慌张张收拾起东西,像害怕瘟神似的躲开了。我也立即动手将佛儿关进鸟笼,手忙脚乱地将笔墨纸砚和算命的招牌裹成一卷,准备逃跑。

他姓永,因为是狗年出生的,"文革"前的名字叫永狗年,"文革"中改名叫永造反。过去的职业是杀猪的屠夫,"文革"开始后,拉起一帮狐朋狗友成立了一支造反队,一把屠刀闹革命,靠几场武斗中立下的汗马功劳,当上了镇革委会主任。他是个在象山镇说一不二的响当当的人物,毫不夸张地说,他跺跺脚,象山镇就会摇三摇。

我曾被他整过一次,领教过他的厉害。那是半年前我刚刚摆算命摊的时候,那天上午,我正在给一个下台

的老乡长算卦,永造反突然就出现在我的算命摊前,狞笑着,脸上横肉拉紧,怪声怪气地对满脸土色的老乡长说:"老家伙,你的命早就捏在我们革命造反派的手心里,你偷偷摸摸跑来算命,就是妄想变天!来人,给我把这死不悔改的走资派押回牛棚里去。"

收拾完老乡长后,他就转而来对付我。"不准在这里搞封建迷信!"他猪嚎般地吼道,扬起手中的军用皮带,一下就把我纸糊的算命招牌抽得稀烂,又狠狠一脚把我的摊子给踢散了,似乎还不解气,从我手里抢过那只用竹子编织的精致的鸟笼,摔在地上。鸟笼在地上打滚,佛儿在笼子里跌撞甩碰,"嘎咿呀","嘎咿呀",发出痛苦的惊叫声。"什么屁神鸟,老子今天送你去见阎王!"他骂骂咧咧地追上去,抬起脚来朝鸟笼踩去。我心头一紧,以为佛儿肯定会被踩成肉酱了,岂料他一脚踩在鸟笼的底座上,"嘣",扣紧的笼门弹开了,机灵的佛儿"倏"的一声从竹笼里飞出来,羽毛凌乱,头破血流,惊恐万状地升上天空,"咿呀咿呀"地咒骂着,在永造反头顶盘旋着,尾羽一翘,屙出一泡鸟屎,就像飞机扔炸弹一样,正落在永造反的脸上,引起围观的人群一阵哄笑。他暴跳如雷,拔出手枪连开了三枪,不知是他的枪法太臭,还是佛儿命不该绝,没打中,佛儿一掠翅膀,飞掉了。

第三天夜里,佛儿才飞回我的家。

这以后,我像害怕老虎似的害怕永造反,一见到他的影子,一听到他的声音,赶紧逃之夭夭。

我提着鸟笼夹着纸卷刚要往小巷子里钻,突然,背后传来嘶哑的吼声:"算命的小子,你给我站住!"我拔腿想跑,才跑出两步,后领便被一只汗毛很浓的有力的手给揪住了。我赶紧缩起脑袋,耸起肩膀,弓起背脊,弯下腰杆,做出一副低头认罪的可怜相,哭丧着脸说:

"永主任,我再也不敢到街上来摆摊算命搞封建迷信了,你就饶了我这一次吧,我回生产队一定好好劳动。"

"嘿嘿……"他眯起一双绿豆小眼,笑得很暧昧。

我吃不准他为什么要笑,腿儿打颤,吓得要死,头垂得更低,差不多要碰到膝盖了。唉,卑躬屈膝,无师自通啊。倒是关在鸟笼里的佛儿,自打看见永造反后,"嘎呀——嘎呀——",冲着他一声接一声地鸣叫,声音压得很粗也很硬,养过鸟的人都知道,那是鸟儿愤怒的啸叫。

佛儿的叫声终于引起了永造反的注意,他的视线从我的脸上移到我提在手中的鸟笼,又嘿嘿笑了两声,说:"听说这只鸟算命算得很准啊。"

我头皮发麻,下意识地把鸟笼藏到屁股后面,摸索着抽开笼门,想把佛儿放飞掉。可它仍一个劲地朝永造反谩骂,老半天也没从洞开的笼门飞出来。

"嘿嘿,我要出门了,让这只鸟替老子算一卦,怎么样?"

我以为他是在对我玩猫捉老鼠的把戏,连忙谦恭地说:"永主任,不瞒您说,算命嘛,都是骗人的鬼把戏,混口饭吃的。"

"少啰唆,快替老子算一卦!"他沉下脸来说。

我悬吊着的心落了地,谢天谢地,他今天不是来找岔子寻麻烦的,更不是来砸我的算命摊的。我赶紧说:"永主任要占卦,我不敢不从命。"我煞有介事地端详着他那张倒挂的猪头似的脸,口是心非地接着说,"其实,永主任天庭饱满、地阁方圆,生来就是大富大贵的命,何须算卦。"

"天有不测风云,谁晓得将来是怎么回事啊。"他叹了一口气说。

我重新摆好摊子,按程序让永造反写下他的名字和

生辰八字,然后焚纸念敕令,暗中给佛儿做了一个手势。

在这个过程中,我已经把永造反的来由猜了个准。我早就听人说过,上面很赏识永造反"舍得一身剐敢把皇帝拉下马"的大无畏革命精神,要调他到县里去当县革委会的副主任,他想知道自己这一去在仕途上是否会一帆风顺。

要是能保障我的生命安全,要是能让我随心所欲地抽一张签,我一定给他一张下签,给他一张去地狱报到的通行证,希望他一出门就踩着一块香蕉皮,跌断脊梁永远瘫在床上,永造反变成永瘫痪。可现在我的小命拿捏在他的手里,我就是吃了豹子胆,也不敢给他个下签,不仅不敢给下签,连中签也不敢给,只能违心地给他一张上上签。我圈起右手的拇指和食指,给佛儿做了个抽第三张牌的手势。那张牌的谶语是:"吉人自有天相,鹏程万里远去,位极人臣第一家,恩泽遍洒人间。"

我想，他拿到这张上上签，一定会喜笑颜开的。

佛儿多次抽过这张上上签，对我的手势很熟悉，是不会抽错的，我想。

佛儿在木匣子上极不情愿地旋转舞蹈，看到我的指令后，"嘎儿——"，发出一声长长的哀鸣，偏着脑袋，用一种明显的恼恨的神态剜了我一眼，嘴喙一伸，叼出一张牌来，扑扇翅膀，飞到我手上，坚决果断地一甩脖子，将牌扔到我手掌上。我一看，差点儿没急出心脏病来。这家伙，没按我的指令叼出那张上上签，而是把第一百〇六张牌，也就是把两个月前我让它抽给那位丈夫患绝症泪汪汪前来算卦的中年妇女的那张下签，给抽了出来。这签要是让永造反看见了，我难免会被打倒在地，再踩上一只脚，永世不得翻身。永造反见签已抽出，身体斜过来看，我没等他看清签上的谶语，灵机一动，赶紧将那张下签揉成一团，塞进嘴里，一面嚼一面

念念有词,脖子一抻,吞进肚去。永造反惊愕地望着我,厉声问:"你这小子,在捣什么鬼?"我陪着谄媚的笑说:"贵人命硬,光抽一张签是算不准的,必须我先吃下一张签去,再抽一张签在外头,里应外合,方能算出大吉大利来。"他大概平日里也听说过一些算命求卦的事,对我即兴杜撰的里应外合的算命法并不相信,狐疑的眼光在我脸上扫来扫去,最后说:"你小子别再耍什么滑头了,赶快让神鸟再替我抽!"

在我急中生智把那张下签吞进肚去时,佛儿激动地在案台上跳来跳去,把毛笔都弄掉到地上了。它抖动翅膀,"叽里呀叽里呀"朝我发出短促的鸣叫,那是在向我提出强烈的抗议。

我一把抓住它,伸手从它的腹部拔下一根羽毛来,它疼得"嘀"地发出一声尖叫。我这是在向它发出最严厉的警告:"不准再调皮捣蛋,不准再惹是生非!"

我又圈起右手的拇指和食指,再次命令它去抽第三张牌。

它跳到木匣上,毫不迟疑地啄起一张牌来,跳回我面前。那牌的正面亮在外头,我的眼光一落到那醒目的谶语上,立刻吓出一身冷汗来,浑身黏糊糊的。那又是一张下签:"过河拆桥,落井下石,瞒得过人眼瞒不过天眼;摘掉乌纱,剥去龙袍,行恶之人终将得到报应。"

我手臂僵麻,不知道该不该去接那张牌。永造反抢在我面前,一把将牌夺了过去,扫了一眼后,脸一会儿变得像猪肝,一会儿变得像青石板。突然,他一个饿虎扑食,一把从案台上抓住佛儿,凸突的指关节嘎嘎作响,脸上横肉颤抖,狞笑着说:"装神弄鬼,搞封建迷信,老子捏死你!"佛儿开始还踢蹬爪子,尖叫挣扎,很快,就叫不出声了,眼睛暴突,嘴喙张大,喷着唾沫星子。

我心如刀扎,又不敢去救,只好堆起尴尬的笑,赶紧说道:"永主任,您千万别发怒,这第二张签,也不是抽给您的;我刚才吃了一张签,鸟儿也要吃下一张签,人鸟共同里应外合,才能给您算命呢。"他先是讪讪地朝我阴笑,想了想,慢慢把手指松开了些,说:"那好吧,我再看看它能使什么鬼花样!"他把那张下签揉成一团,粗鲁地塞进佛儿的嘴腔,然后用一根食指用力将纸团捅进食管去。可怜的佛儿,无力抗拒粗暴,脖子一挺,把纸团咽进肚子去了。他一扬手,将半死不活的佛儿扔回到案台上。

我想,他绝对不会相信我关于人鸟共同里应外合的算命法,他之所以放佛儿一马,给它再算一卦的机会,用意很明显,是在自己即将到县上赴任之际,不愿被那张下签搅得心神不宁,不想沾上什么晦气,让佛儿替他叼一张上上签出来,喜上加喜,以壮行色。

佛儿蹲在案台上，梗着脖子，翻着白眼，"咿呀咿呀"地倒抽着气。我噙着泪，用手绢沾着水，替它擦去嘴喙上的脏物，替它擦洗凌乱不堪的羽毛。唉，佛儿啊佛儿，你干吗那么死心眼呢，我知道你恨他，可他掌握着你的生杀大权，你又何必去鸡蛋碰石头呢？

过了一会儿，佛儿从半昏迷状态中苏醒过来，瞅瞅我，又瞅瞅永造反，甩了甩脑袋，"咿呀——"，朝永造反吐出一声厌恶的鸣叫。我赶紧把它的身体扳过来，轻轻地捋它的小脑袋，喃喃地说："乖佛儿，好佛儿，唔，听话，去抽一张上上签，抽完签，我们就回家，我去挑最肥最嫩的竹虫给你吃。"

它用嘴喙磨蹭我的手掌，态度好像变得柔顺了些，我想，它刚才吃了大亏，差点儿被永造反捏死，大概会吸取教训，不再逞强了。于是，我又圈起右手的拇指和食指，在它眼前晃了晃。它像受了侮辱似的，朝我"呀

呀"叫着,好像在责问我,这个人那么坏,你干吗还要给他上上签?

唉,佛儿啊,你是鸟类,你不可能理解人类的复杂,人心的险恶。

永造反像练什么武功似的捏着自己的手指头,粗大的像竹节似的凸突出来的指关节被他捏得嘎巴嘎巴响,我知道,他这是在对佛儿威逼恫吓。

佛儿全身羽毛陡立,瘸着被永造反捏伤的一条腿,蹦蹦颠颠地跳跃旋转,显得无比激动。突然,它跳到木匣子上,昂起头,宣誓般地向着太阳长鸣一声,啄起一张牌来,不再飞到我的手上吐给我,而是径直飞向永造反,丢进他的怀里,然后一掠翅膀,想飞上天去,但永造反似乎早有准备,眼疾手快地一把揪住了佛儿。他一只手捏住佛儿,一只手捡起飘落到地上的那张签。他只瞟了一眼,便两眼冒火,露出一副咬牙切齿的凶相。我

像掉进了冰窟,全身冰凉,不用看我也知道,倔强的佛儿把最后一张下签抽给了永造反。一百〇八张签我都背得滚瓜烂熟,最后一张下签上的谶语是这样的:"日落西山道路黑,荣华富贵变幻影,'嘣儿'一声魂归去,荒冢增添一新坟。"

谁拿到了这张签,就等于接到了下地狱的通知书。

永造反猪头似的脸上升起一团杀气,捏着佛儿的手一点点用力。佛儿嘴喙大张,眼珠暴突,"呀"地尖叫一声,从喉咙里喷出一团东西来,沾满了鲜血,就像一团燃烧的火焰,射到永造反的脸上。我知道,那是刚才被永造反强行塞进去的第二张下签。宁死不屈的佛儿,到生命的最后一刻,仍顽强地把预示着厄运和可耻下场的谶语送给了迫害它的人。

三年后,粉碎了"四人帮",永造反因为在武斗中犯有好几宗人命案,被判处死刑,正应了谶语上那句话:

"'嘣儿'一声魂归去，荒冢增添一新坟。"

巧的是，永造反被拉到法场枪毙的这一天，正是佛儿殉难三周年的忌日。

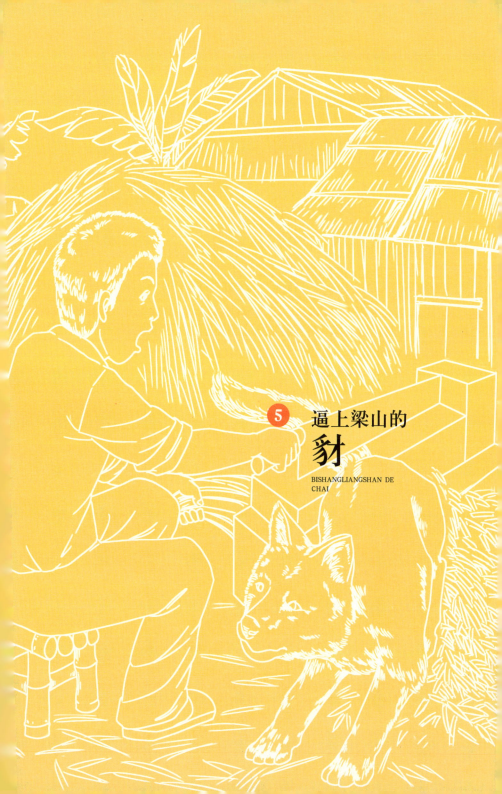

5 逼上梁山的豺

我背着猎枪啃着鸡腿转过一道山弯,一眼就看见有只小豺孤零零地站在路旁的一棵小树下。这是一只还在哺乳期的豺崽子,绒毛细得像蒲公英的花丝。我急忙扔了才啃过两口的鸡腿,卸下猎枪,"哗啦"拉开枪栓。我知道,豺是一种母子亲情极浓的动物,母豺总是警惕地守护在幼豺身边,一旦发现自己的宝贝受到威胁,会穷凶极恶地扑过来伤人。我端着猎枪等了半天,也没见母豺的影子。倒是这只小豺闻到了烤鸡腿的香味,不断地耸动鼻翼,咂巴舌头,一副垂涎欲滴的模样,瞅瞅我,慢慢朝地上的鸡腿走过来。这时,我才看清,小家伙瘦骨嶙峋,肚子瘪得快贴到脊梁骨了,绒毛上沾满了树浆草汁,邋遢肮脏。看来,这是一只失去了母豺庇护的孤儿。

母豺也许被埋在荒草丛中的捕兽铁夹夹住了,也许被挂在树梢上的捕兽天网罩住了,也许被躲在岩石背后的猎人用一颗滚烫的子弹击碎了头颅,也许被老虎、豹子当点心吞吃了……究竟是什么原因使得这只幼豺变成了孤儿,我不得而知。

鸡腿上沾了很多土,我是吃不成了。我收起枪,将鸡腿撕成肉丝,摊在手掌上。小家伙爬过来,用信任感激的眼光看着我。它的眼睛天真无邪,清亮得没有一丝杂质。它先用舌头在我手指上舔了舔,然后贪婪地卷起我手掌上的肉丝,吞食起来。不知道为什么,我心里涌

起一股无端的柔情,突然决定要收养这只小豺。

豺在分类学上和狗同属犬科,当地山民习惯上把豺唤作"豺狗"。豺和狗不仅形体相似,血缘也很近,曾经发生过被主人遗弃的野狗跑进豺群生活的事。我想,只要驯导有方,是有可能把这只小豺改造成一条猎狗的。

我把小豺抱回家,开始按猎狗的标准进行饲养。我给它起名叫"汪汪",一个狗气十足的名字。狗是吃熟食的,为了奠定它的狗性,我从不让它吃生食;狗善于收敛食肉兽的野性,与其他家禽家畜和平共处,我让汪汪整天在院子里和牛羊鸡鸭生活在一起,以磨灭它豺的残暴的天性;狗喜欢睡在主人的房檐下,我就在寝室的门口替它搭了一个狗棚……汪汪很快就习惯了过着标准的狗的日子,甚至学会了像狗那样"汪汪汪"叫。

十个月后,汪汪出落成一条漂亮的母狗,四肢细长,身材窈窕,脊梁挺直,腰间到胯部形成一条温柔的弧线,头尾和背上毛色金黄,胸腹部洁白如雪,唇吻黑如墨玉,泛着一片青春的湿润。它会扑进我的怀里热烈地舔我的脸颊,它会像狗似的发出轻吠或咆哮,它会用平静的眼光看着身边刨食的肥胖的母鸡,它会按我的指令把正在山坡上吃草的羊群吆喝回来,它会钻进茂密的草棵把我射落的斑鸠捡回来,它会在我做家务活的时候耐心地在门口蹲两个小时,使我不好意思不带它到野外去散步。

我打心眼儿里相信,汪汪已被我塑造成一条真正的猎狗了,除了尾巴之外,它的各方面与一条猎狗已没有任何差别。

豺尾比狗尾要粗大得多,也比狗尾长得多,绒毛蓬松,犹如一条瀑布似的从脊背上流泻下来。或许就是因为这条尾巴太粗太长太沉,豺只能将尾巴竖起来或者耷

拉着,至多能像舵似的朝两边甩摆,却无法像狗尾那样多角度全方位摇得欢快无比、花样百出,摇出友好与亲密的情怀。当地山民识别是狗还是豺,主要就是看尾巴。

就因为这条显眼的豺尾,寨子里谁都不承认汪汪已被我驯养成一条猎狗了。它走近谁,谁就用脚踢它,用土块砸它,用棍子轰它。有时汪汪看见一帮小孩在玩捉迷藏,兴致勃勃地跑过去想凑个热闹,没等它赶到,孩子们便紧张地一哄而散,还高声喊叫:"大尾巴豺来啦,大尾巴豺来啦!"胆子小一点儿的逃回家加油添醋地向大人哭诉,胆子大一点儿的爬到树上用弹弓向汪汪猛烈开火。有一次寨子里举行规模盛大的祭山神活动,全寨子男女老少和狗倾巢出动,拜祭仪式结束后,就是野炊聚餐,一口大铁锅煮了满满一大锅酸笋牛肉,先是每人一大碗,然后是每条狗一大勺。轮到汪汪时,掌勺的岩松举起空勺子在汪汪的脑壳上重重敲了一下,粗鲁地喝

道:"大尾巴豺,滚开!没剥你的豺皮,抽你的豺筋,吃你的豺肉算是便宜你了,你还想分牛肉吃,没门!"

在狗群里,汪汪的境遇就更惨了。没有一条狗愿意同它交朋友,虽然它妩媚风骚,还待字闺中,但即使在发情期,也没哪条公狗对它献殷勤或表示好感。所有的狗似乎都讨厌它,准确地说是讨厌它那条蓬松的大尾巴。有一次,狗们在水磨房发现一只黄鼠狼,群起而攻之,展开了一场激烈的追逐。汪汪看得心热眼馋,也吠叫着加入了狗的队伍,去追黄鼠狼。狗们发现汪汪后,竟然丢下黄鼠狼不追了,调换攻击目标,转身来咬汪汪。冲在前面的两条公狗特别变态,紧盯着汪汪的尾巴,要不是我及时赶到,汪汪肯定会变成无尾狗了。

发展到后来,汪汪只要一跨出门,就会遭来狗群的攻击。

我很苦恼,汪汪也很苦恼,我不知道该怎么办才好。

那天，我在院子里铡牛草，锋利的铡刀有节奏地将长长的稻草铡成一寸长的草料。汪汪蹲在我面前，目不转睛地盯着铡刀看，似乎对它一下子就可以把一扎稻草齐崭崭切断特别感兴趣。我捏着铡刀柄，手臂机械地一上一下运动着，突然，汪汪兴奋地轻叫了一声，两眼放光，好像遇到了什么喜事似的。我朝四周看看，并没任何值得注意的异常动静。我在朝四周观看的时候，两只手并没有停止动作，还在机械地铡着草，突然，我眼睛的余光瞄见一条金黄色的东西一闪，塞进了铡刀，我想停止铡草，但已来不及了，只听见"咔嚓"一声，我的手腕感觉到刀锋硌着坚硬物体的震颤，汪汪那条绒毛蓬松的大尾巴掉到了地上，在草料间活蹦乱跳。我"哎哟"惊叫一声，为自己误伤了爱犬感到内疚和心疼。我想，汪汪一定会痛得跳起来，朝我咆哮。

完全出乎我的意料，汪汪看着被铡断的尾巴，眼睛

里没有痛苦和悲伤，对我也没有任何责备与怨恨。它眼里噙着泪，但耳郭朝前，显出很高兴的样子。见我张皇失措地捡起那条断尾，它过来温柔地舔舔我的手，然后叼住尾巴，很坚决地把尾巴从我手里抽出来，扔到院子角落的垃圾堆里。

我的心一阵战栗，我明白了，它是自己要铡断尾巴的！它知道它这条不会摇甩的蓬松的大尾巴讨人嫌，也是狗群追它咬它的根本原因。它铡断自己的尾巴，决心做一条人见人爱的好狗。

多聪明的狗啊，我眼睛潮湿了，把它搂进怀里，用颤抖的手梳理它背脊上的毛。它伸出舌头，不断舔我的眼睑，唔，它还安慰我呢。

我采来专治跌打损伤的积雪草，捣成药泥，敷在汪汪的尾根，半个月后，它的伤口就痊愈了。

我永远也不会忘记汪汪养好伤后第一次出门的情

景。它颠跳着扑进我的怀里，后肢直立，前肢搭在我的裤腰上，舌头伸出半尺来长，拼命想舔我的脸。我摸摸它的额头，发现它因激动而抖得厉害。它理所当然地觉得，它铡断了自己的尾巴，脱胎换骨变成一条真正的狗了，再也不会遭到人们的唾弃，再也不会受到狗群的追咬。我也为它感到高兴，它用自残的办法接受命运的挑战，它的尾巴断了，虽然形象受到损害，变得丑陋了，但它重新塑造一个自我的坚强信念，却是十分美丽的。

我兴致勃勃地带着它走到寨子中央的打谷场上，一群狗正在抢夺一根肉骨头，汪汪兴奋地吠叫一声，窜进狗群，想加入这场抢骨头的游戏。它刚挨近狗群，抢得热火朝天的狗们突然像撞见了鬼似的都停止了奔跑戏闹，瞪着眼，龇牙咧嘴，凶相毕露。汪汪并没退却，它不慌不忙地朝狗们转过身体，将屁股对着狗群，并使劲扭动胯部，"汪汪汪汪"地叫起来，它昂着头，叫声嘹

亮,充满了骄傲和自信。它的这套身体语言,再明白不过了,是归顺的声明,是皈依的宣言,它在用狗的语言告诉那些对它还抱着敌对情绪的狗们:"请你们不要再用老眼光来看我了,瞧瞧我的屁股吧,那条让你们讨厌的尾巴已经没有了!我已变成一条真正的狗了,是你们的同类了,请你们别再把我当成异类!"

那群狗所有的视线都聚焦在汪汪的尾根,没有谁吠叫,也没有谁动弹,活像一群泥塑木雕。领头的是村主任家那条名叫"乌龙"的大黑狗,过了一会儿,乌龙小心翼翼地靠近汪汪,耸动鼻翼,嗅闻起来。我在一旁注意观察,我看见乌龙脸上的表情急剧变换,惊奇、疑惑、愤怒,突然间,乌龙颈上的狗毛像针一样竖直起来,"汪汪汪汪"发出一串咆哮,这等于在告诉狗群,它已验明正身,它前面那个铡断了尾巴的家伙,不是狗,是豺!霎时间,狗群如梦初醒,每只狗眼喷射出憎恶的光,咆哮着朝我的汪汪冲过来。

汪汪像跳迪斯科一样拼命扭动胯部,试图扭转局面,但无济于事,狗们蜂拥而上,对它又撕又咬。它寡不敌众,呜咽着逃回我的身边,朝我委屈地叫着。唉,我也无能为力啊。

我好不容易驱散了气势汹汹的狗群,带着汪汪离开打谷场,转到寨子那口名叫"仙跺脚"的大水井旁,正好遇见几个猎人在井边宰割一头刚刚捕获的马鹿,人的吆喝与狗的喧闹连成一片。汪汪朝猎人们走去,它的步履沉重,像在泥浆里跋涉,走得很艰难,看得出来,它心里发虚,害怕再遭到打击。它迟疑着,慢慢走到那伙猎人跟前,轻轻地叹息般地叫了一声,"汪——",声音凄凉,透出无限悲哀。

那个名叫岩松的中年汉子抬头看看汪汪,不耐烦地挥手驱赶:"滚开,滚开,你这豺模狗样的东西,看见你

我心里就不舒服。"

汪汪又朝猎人们转过身,将无尾的臀部亮出来。这一次,它已没有骄傲和自信,畏畏缩缩,像做贼一样;它的叫声也不再嘹亮,嘶哑得像患了重感冒;它眼里闪着泪花,在高高翘起屁股的同时,脑袋低垂在膝盖旁,朝后望去,眼光里有一种哀求和乞怜。

它在乞求那些猎人能看在它铡断自己尾巴的分上,宽恕它的过去,施舍给它一点儿友情。

我的心像被针扎了似的,一阵隐疼。

猎人们都像看稀罕似的抬头看着汪汪,岩松脸上露出暧昧的笑,"呸",朝汪汪啐了一口,骂道:"短命的豺,以为少了根尾巴别人就认不出你的真面貌了,真是只蠢豺。别说你只是掉了根尾巴,就是剥掉层皮,你还是只讨厌的豺!"

岩松边骂边捡起一个土块,朝汪汪砸来,不偏不倚砸在汪汪的尾根上。公平地说，这一砸对汪汪身体的伤害是微乎其微的，土块松软，连皮都不会擦破。但汪汪却像遭了电击一样，双眼发呆，浑身哆嗦，趴在地上，半天没有动弹。突然，它仰起头，"呦——"，朝蓝天飘浮的白云发出一声长嗥，听起来好像婴儿在啼哭，令人毛骨悚然。我养了它快一年了，还是头一次听到它发出这样尖厉嘶哑的叫声；这是地地道道的豺啸。我想抱它回家，但它拼命从我怀里挣脱出来，发疯般地撒腿跑出了寨子，跑进莽莽山野。

我找了好几天，也没能找到汪汪。

两个月后，曼广弄寨发生豺灾，一群恶豺袭击在山上吃草的牛和羊，还咬死了好几只牧羊犬。有一次胆大妄为的豺还大白天闯进寨子，把岩松家二十多只鸡扫荡干净。寨子里的猎人组织了好几次伏击、围剿和撵山狩猎，但这群豺诡计多端，总能躲过猎人的追捕。奇怪的

是，寨子里几乎所有人家的家禽牲畜都遭受过豺群的攻击，唯独我养的两只猪和一窝鸡，整天放在外头，却毫毛未损。我那到处都是窟窿眼儿的破草房，也从未有豺光临。一天，村主任在寨子后面的荒山沟里与这群豺面对面相遇，清清楚楚地看到，这群恶豺领头的那只豺，没有尾巴。

消息传开后，寨子里家家户户都拉我去吃饭，拼命灌我鸡汤，然后让我把尿撒在主人的篱笆墙上。整整半个月，我的尿大受欢迎，我也成了撒尿机器，到处散布我尿的气味。

说来奇怪，这以后，那群豺再也没来找过曼广弄寨的麻烦。

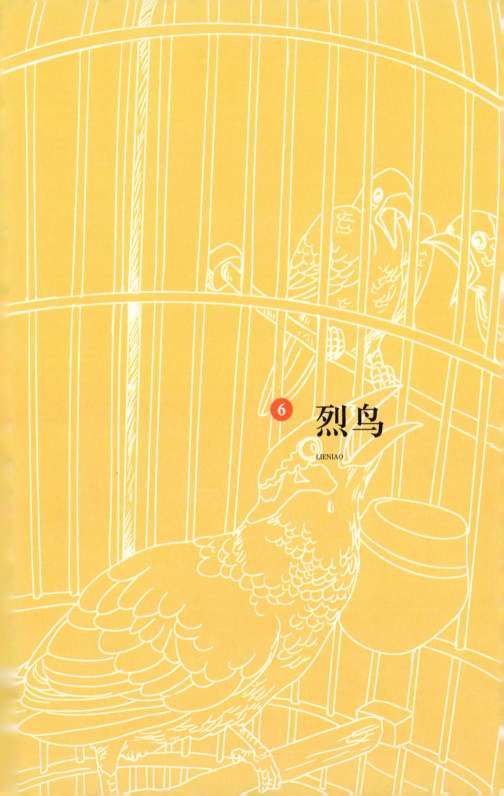

鹩哥也叫"秦吉了",和八哥同属椋鸟科,雄鸟善于鸣叫,叫声清丽委婉,变化多端,是鸟市上的抢手货,卖得很俏。

阳春三月,热带雨林里白色的羊蹄甲花开得层层叠叠,像落了一场鹅毛大雪。我在一棵缀满鲜红鸡嗉果的菩提树旁支了一张鸟网,运气真不错,第二天去看时,嘿,尼龙丝缠住了一只鹩哥!我小心翼翼地解开鸟网,将它关进一只编织得十分精致的鸟笼。我从没见过这么漂亮的雄鹩哥，足足有三十三厘米长，黑色的羽毛闪闪发亮，像涂了一层釉；双翼镶嵌着几根白羽，白得像用冰雕成的；脚爪和嘴喙金黄鲜亮，从眼皮开始到后脑勺，有两片橘红的肉垂；整个色彩典雅和谐，美不胜收。我提着鸟笼给寨子里的养鸟权威波依罕老爹过目，他赞叹道："爪喙金黄，鹩中之王，肉垂挂脸，喉赛神仙。你抓到的是鹩哥中的极品，起码值一辆三驾马车。"

我喜得眉毛差点儿掉下来，早晚两次提着竹笼到树林里遛鸟，顿顿捉活的竹虫来喂它吃，还用清泉水给它沐浴。几天后，它的情绪逐渐稳定下来了，不再用脑袋和翅膀乱撞笼子，不再为自由而瞎折腾。又过了一段时间，它在尼龙网里因挣扎而碰伤的羽毛也重新长齐了，容光焕发，外形具备了商业价值。可是，它却从没开口叫过一声。鹩哥值钱，形象美还是次要的，主要是歌喉要美，婉转啁啾，才会让人心旷神怡。它不肯叫，

身价必然暴跌,别说三驾马车了,恐怕连匹小马驹也换不来。我千方百计地逗它开口,先是停止喂食,行话叫"逼口",希望它能在迫于饥饿的无奈下,开口用叫声向我乞食,可它饿得双腿发软,嘴喙仍锁得死死的,跟我玩起宁死不屈的把戏来。我又向别的养鸟人借来好几只雄鹩哥,一只只形状各异的鸟笼众星拱月般地把我的红面鹩哥王围在中间,你唱我叫,争妍斗奇,一片欢腾,行话叫"激口",意思是形成一种赛歌氛围,刺激它不甘落后不甘寂寞,也情不自禁地跻身于大合唱的行列。遗憾的是,我的红面鹩哥王安详地蹲在竹笼的横枝上,不时用嘴喙梳理自己身上的羽毛,露出一副不屑与群小为伍的高傲神态,就是不叫。没办法,我只好又厚着脸皮借来一只雌鹩哥,关进鸟笼去,行话叫"逗口",希望用异性逗引的办法,让它滔滔不绝地唱起情歌。差点儿把我气晕倒的是,它对送上门来的爱情照收不误,收条也不开一张，却仍拒绝从喉咙里吐出一个音符，趾高气扬地踩在雌鹩哥背上，仿佛在说："我要这只雌鹩哥，已经是看得起它了，已经是委屈了自己了，何必再劳心费神地说情话唱情歌？"我一怒之下，捉了一条虎斑游蛇，别出心裁地让蛇盘在鸟笼上。蛇是吃鸟专家，贪婪的蛇头竭力想钻进编得很密实的鸟笼去，我自己给这种方式起名叫"惊口"，就像人眼瞅着炮弹就要落到头上开花会发出歇斯底里的惊叫，企望它也能在死亡的威逼下急叫起来。我的如意算盘再次落空，它只是全身羽毛怒张，尖利的嘴喙瞄准蛇眼，坚持要进行一场沉默的战斗……

野鸟笼养，第一次开口鸣叫都有一点儿难度，但一经调教，尤其是用"激口"或"逗口"的办法激活它的灵性，引发它的兴致，一般都会开口叫的。心的闸门一旦打开，歌声就会流成小河。可我所有的办法都用尽了，这只红面鹩哥王就是闷声不响。我想，它也许是个

小气鬼，天性悭吝，舍不得用歌声为世界添一丝美感；也许它天生就不会叫，声带有缺陷，是只哑巴鸟。要是它真是只哑巴鸟的话，我可是吃了大亏了，我每天侍候它吃喝，侍候它睡觉，侍候它玩耍，还侍候它洗澡。俗话说"前世不孝，今世养鸟"，说真的，我还从没如此孝敬过父母呢。我赶紧去找波依罕老爹，让他给瞧瞧毛病究竟出在哪里。波依罕老爹提起鸟笼仔细端详了一阵说："我活了这么大一把年纪，还没听说过有哑巴鸟的。唔，这只鹩哥心气太高，它不愿和平常的雄鹩哥比叫声，一般的雌鹩哥也难以煽起它的激情。它是鹩哥王，金口难开，但一旦开叫，啧啧，声音会把凤凰都羞红脸的。"

"请你教教我，怎样才能让它开口叫？"我拉着波依罕老爹的手央求道。

波依罕老爹皱着眉头沉思良久说："看来，只有再找只鹩哥王来，引起它的嫉恨，它或许就会开口叫了。"

"可我到哪儿再去找只鹩哥王来呢?"

"我听说曼燕寨康朗甩养着一只鹩哥王,老倌很吝啬,就怕他不肯借。"

我冒着烈日走了十几里山路,去到曼燕寨,找到康朗甩,左说右说,差点儿磨破了嘴皮,送了一对蜡条、两条烟和一壶酒,康朗甩才勉强答应把他的鹩哥王借我用一次。他提了两个条件:第一,他本人带着鸟笼和我一块儿去曼广弄寨,他不放心他的宝贝鹩哥王交到一个陌生人的手里,让人随意摆弄;第二,只要我的红面鹩哥开口鸣叫,他就算帮完了我的忙,立即带着他的鹩哥回家。他解释说,一山容不得二虎,一林容不得二凤,鹩哥也是同样道理,一个空间容不下两只鹩哥王,要是我的红面鹩哥王开口鸣叫,叫声果然不同凡响,他的鹩哥王被压倒,自尊心受到伤害,它就有可能从此不再鸣叫,治好了我的哑巴鸟,而让他的鹩哥王变成哑巴鸟,

他就大惨特惨了。

我不能不同意康朗甩所提的条件。

但愿我的红面鹩哥王这次能开启它的金口,唱出动听的歌。

若不和我的红面鹩哥王比较,康朗甩的鹩哥也算得上是佼佼者了。从顶冠到尾尖约有三十厘米长,嘴喙和脚爪呈杏黄色,脸上也挂着一块肉垂,颜色稍浅一些,白里透红,姑妄称之为白脸鹩哥王。康朗甩的大鸟笼里,除了白脸鹩哥王外,还有一只雌鹩哥,身材娇小,婀娜多姿,头顶有一撮白毛,就像戴了一顶白色的凤冠,好似鹩哥中的皇后。

当康朗甩把他的大鸟笼放在我的鸟笼旁时,白脸鹩哥王立刻感觉到了某种威胁,激动得在鸟笼里上蹿下跳,脸上那块白色的肉垂都变成青黑色的了,"滴哩啁","滴哩啁",发出一声声示威性质的鸣叫。到底是罕见的鹩哥王，叫声确实与众不同，单音丰富，除了能像一般的雄鹩哥那样用"滴哩啁唧啊呀"六个单音组合出不同的音符，它还会发出"嘎噈啾"三个难度较大的单音，叫声的变化就成倍放大，悦耳动听，十分精彩。寨子里所有的鹩哥、八哥和鹦鹉，闻声都跟着鸣叫起来，可见其叫声的感染力有多强。

可是，这一切对我的红脸鹩哥一点儿也不起作用，它又恢复了特有的冷漠表情，蹲在鸟笼的横枝上，一只眼睛睁，一只眼睛闭，无动于衷，不屑一顾。

你也太傲了嘛！就算你是出类拔萃的鹩哥王，人家白脸鹩哥王也是鸟中精英，难道你非要凤凰转世才觉得彼此地位相当，才肯开口叫唤？

"这家伙，掂量着白脸鹩哥王不如它强，引不起竞斗兴趣。"在一旁看热闹的波依罕老爹说。

"那该怎么办呢？"我焦急地问。

"看来,只好给它尝尝失败的滋味,它或许会因痛苦而鸣叫的。"

波依罕说着,和康朗甩一起,把那只鹩哥皇后从笼子里捉出来,用棉纱绳缚住它的身体,另一端线头牵在手里,然后把它塞进我的红脸鹩哥王的笼子里。

白脸鹩哥王在笼子里显得焦躁不安,狂飞乱撞,把两根白色的翼羽都折断了。"滴唧哩嗝","嘎噘啾呀",音调缠绵委婉,似乎在恳求鹩哥皇后不要钻到我的鸟笼里去。

它哪里知道,鹩哥皇后完全是身不由己啊。

开始,我的红面鹩哥王对鹩哥皇后的到来,并没表现出太大的热情,只是朝边上靠了靠,腾出一块地方,让鹩哥皇后和它并排停栖在横枝上。但看到白脸鹩哥王在撞墙在拼命叫唤,神采渐渐飞扬起来,用一种胜利者的姿态在笼子里旋了几个舞,抬起一只翅膀轻轻去拍鹩

哥皇后头顶那撮白毛。鹩哥皇后上上下下打量了我的红脸鹩哥一阵,忸忸怩怩地朝我的红脸鹩哥歪过头去。

白脸鹩哥王叫得愈发响亮,愈发动情,愈发忧心忡忡。

就在我的红脸鹩哥王的翅膀快碰到鹩哥皇后的小脑袋时,康朗甩将线头用力一扯,鹩哥皇后不由自主地被拉出了笼门,回到了白脸鹩哥的鸟笼里。

我的红脸鹩哥王站在鸟笼里目瞪口呆。

白脸鹩哥王发出惊喜的叫声,然后它昂起头、蓬松开胸脯的绒羽,发出一串清脆嘹亮的鸣叫,从它得意扬扬的神态看,无疑是在唱一曲凯歌。

我的红脸鹩哥王脸上的表情先是惊讶,继而愤怒,突然,它优雅地一甩脖子,"嘚滴哩噫嘎噭啾啦——",吐出一串鸣叫。我从没听到过这么奇特的鸟叫,圆润饱满,沉郁激昂,充满了生命的灵性,尤其是末尾那声长长的拖腔,像灵蛇缠绕在翠竹上,音韵清雅,意蕴万千,余音袅袅,穿透力极强。

果然是价值连城的鸟中之王,果然是举世无双的金嗓子。

随着那声石破天惊般的叫声,那只鹩哥皇后像被魔术棒点了一下似的,情绪突然间亢奋起来,一掠翅膀,抓住笼壁的竹枝,拼命摇晃,竭力想重新回到我的红脸鹩哥王的身边去。寨子里的其他鸟,无论是八哥、鹩哥还是鹦鹉,刚才还在热热闹闹地大合唱,此刻都知趣地闭起了嘴。只有白脸鹩哥王还在叫,但叫声支离破碎,听得出来,已完全丧失了自信,变成了一种绝望的哀鸣。

康朗甩脸色大变,急忙收起鸟笼,说了句:"我不能再待下去了,要不然我的鹩哥就废掉了。"然后逃也似的离开了曼广弄寨。

红脸鹩哥王仍昂着头,一个劲地鸣叫着,它的单音丰富多彩,就像在组合声音魔方似的,不断变化着各种各样的叫声,一会儿如金鸡报晓,一会儿如云雀升空,一会儿如画眉迎春,一会儿如鸳鸯细语。

我想,过一会儿它叫累了,情绪平静了,就会停止鸣叫的。

可是,半个小时过去了,一个小时过去了,它仍在不停地叫,它的力气差不多快耗尽了,双翅耷拉,羽毛蓬乱,只有那双麻栗色的眼睛还流光溢彩。

我着慌了,用竹签挑起蚂蚱堵它的嘴,用冷水淋它热昏的脑袋,用布帘子蒙住鸟笼……可一切想让它停止叫唤的努力均属徒劳。

它太高贵了,它是鹩哥之王,鸟中至尊,是不能忍受另一只雄鹩哥用叫声从它身边夺走它中意的雌鹩哥的,它要用生命捍卫自己的荣誉。

傍晚，它虚弱得连站也站不起来，叫声却越来越响亮，如泣如诉，震慑心魄。终于，它嘴腔里喷出一片血花，两腿一蹬，死了。

动物小说大王沈石溪
作品获奖记录

《第七条猎狗》(短篇小说)
中国作家协会首届全国优秀儿童文学奖

《退役军犬黄狐》(短篇小说)
第六届陈伯吹儿童文学奖

《狼王梦》(长篇小说)
台湾第四届杨唤儿童文学奖
第二届全国少年儿童优秀图书一等奖

《一只猎雕的遭遇》(长篇小说)
中国作家协会第二届全国优秀儿童文学奖

《天命》(短篇小说)
1992年海峡两岸少年小说、童话征文佳作奖

《象母怨》(中篇小说)
首届冰心儿童文学新作奖大奖

《残狼灰满》(中篇小说)
首届《巨人》中长篇奖

《沈石溪动物小说自选集》(中短篇小说集)
第三届冰心儿童图书奖

《红奶羊》(中篇小说集)
中国作家协会第三届全国优秀儿童文学奖

《狼王梦》《第七条猎狗》(中短篇小说集)
台湾1994年"好书大家读"优选少年儿童读物奖

《第七条猎狗》(短篇小说集)
台湾"中国时报"1994年度十佳童书奖

《保姆蟒》(短篇小说集)
1996年台湾金鼎奖优良儿童图书推荐奖

《狼妻》(短篇小说集)
台湾1997年"好书大家读"年度最佳少年儿童读物奖

《宝牙母象》(中篇小说)
第十一届中国图书奖

《牧羊豹》(短篇小说集)
台湾2000年"好书大家读"年度最佳少年儿童读物奖

《刀疤豺母》(长篇小说)
第十三届中国图书奖

《鸟奴》(长篇小说)
中国作家协会第六届全国优秀儿童文学奖

《藏獒渡魂》(中短篇小说集)
2006年冰心儿童图书奖

《斑羚飞渡》(短篇小说集)
国家新闻出版总署2007年向青少年推荐百部优秀图书

《狼王梦全本》《狼世界》(中短篇小说集)
国家新闻出版总署2008年向青少年推荐百部优秀图书

版权专有 侵权必究

图书在版编目（CIP）数据

藏獒渡魂 / 沈石溪著. —北京：北京理工大学出版社，2019.5
（动物小说大王沈石溪·致敬生命书系）
ISBN 978－7－5682－6896－7

Ⅰ.①藏… Ⅱ.①沈… Ⅲ.①儿童小说－中篇小说－小说集－中国－当代 Ⅳ.①I287.45

中国版本图书馆 CIP 数据核字（2019）第 054323 号

出版发行 / 北京理工大学出版社有限责任公司	
社　　址 / 北京市海淀区中关村南大街 5 号	
邮　　编 / 100081	
电　　话 / （010）68914775（总编室）	
（010）82562903（教材售后服务热线）	
（010）68948351（其他图书服务热线）	
网　　址 / http：//www.bitpress.com.cn	
经　　销 / 全国各地新华书店	
印　　刷 / 保定市鑫宇印刷有限公司	
开　　本 / 880 毫米×1230 毫米　1/32	
印　　张 / 5.75	责任编辑 / 马永祥
字　　数 / 53 千字	文案编辑 / 马永祥
版　　次 / 2019 年 5 月第 1 版　2019 年 5 月第 1 次印刷	责任校对 / 杜　枝
定　　价 / 29.80 元	责任印制 / 施胜娟

图书出现印装质量问题，请拨打售后服务热线，本社负责调换